小溪中的浪花

刘晓东◎著

安徽师范大学出版社
ANHUI NORMAL UNIVERSITY PRESS

· 芜湖 ·

图书在版编目(CIP)数据

小溪中的浪花 / 刘晓东著 . —芜湖 : 安徽师范大学出版社,2025.3

ISBN 978-7-5676-6672-6

Ⅰ.①小… Ⅱ.①刘… Ⅲ.①诗集—中国—当代 Ⅳ.①I227

中国国家版本馆CIP数据核字(2024)第047544号

XIAOXI ZHONG DE LANGHUA

小溪中的浪花

刘晓东◎著

责任编辑:平韵冉　　　　　　　责任校对:胡志恒
装帧设计:王晴晴　姚　远　　　责任印制:桑国磊
出版发行:安徽师范大学出版社
　　　　　芜湖市北京中路2号安徽师范大学赭山校区　　邮政编码:241000
网　　　址:https://press.ahnu.edu.cn
发 行 部:0553-3883578　5910327　5910310(传真)
印　　　刷:江苏凤凰数码印务有限公司
版　　　次:2025年3月第1版
印　　　次:2025年3月第1次印刷
规　　　格:700 mm × 1000 mm　　　1/16
印　　　张:21
字　　　数:252千字
书　　　号:978-7-5676-6672-6
定　　　价:76.00元

凡发现图书有质量问题,请与我社联系(**联系电话:0553-5910315**)

或许你身边就有一颗爱诗的灵魂

张　雷

晓东一生较为坎坷。生在偏僻的乡村,年幼时丧母,十六岁参军,退伍后务农,后来到城市里做临时工,先后干过人武部军械保管员、普法宣传员等工作。性格倔强、从不向命运低头的他,以超常的毅力参加法律自考,获得学历并考取律师资格,在一家律师事务所工作至今。

即便与诗没有任何关联,这已经是一个自强不息、自学成才的楷模了。活在这个世界上,每个人都有每个人的不易,这种种不易之中,最不易的也就是像晓东这样的平民子弟了。生在农家,没有帮衬,没有提携,仅靠个人的脚踏实地去抓取不可多得的机遇,从而改变自身的命运。你想想,一个农村的孩子,十六岁就当了兵,能有多少知识和文化做铺垫?但他可以通过高等教育自学考试拿到大学文凭,又通过律师考试拿到律师资格证书,这其中该有多少不为人知的艰辛和努力啊。

晓东又爱诗,这就更不易了。在如今的社会,诗能带来什么?

既没有面子上的荣耀，也没有里子上的实惠。现在谁还把诗人当回事？呕心沥血写出的一首诗发表了又能挣几个钱？但晓东就是爱诗，几十年如一日地写，不计较任何得失地写，写好了念给老婆听，念给儿女们听，念给朋友们听。这就是晓东，一个在写诗中快乐的人，一个在写诗中纯粹的人，一个在写诗中培养高尚情操的人。

晓东的诗题材较为广泛，涵盖了他所有的生活阅历。乡情和爱情是他着墨最多的地方。很小的时候，他母亲就去世了，失去母爱的他喜欢寂静的夜晚，一个人站在旷野上，看圆圆的皓月或满天的繁星，看它们之间的纠缠和依偎、变幻和簇拥。特别是早起上学的时候，那被称作"北斗"的星座，尤其让他感到天空的浩瀚与宁静。其实，这个时候，诗的种子已经在他那颗幼小、敏感、孤独的心灵里种下了。他写的《故乡的月亮》，温馨，温暖。"有一轮圆圆的月亮/悬挂在故乡的池塘/池塘里，宁静的月色/在旋转中哗哗作响/母亲在村口的槐树下/就着水搓洗汗渍的衣裳/父亲在田间的水渠里/守护着浇灌久旱的高粱"。他还写有《村口的老井》，这口老井，承载着他童年的甘甜，也承载着他难以言喻的悲伤和苦痛。他写道："村口，有一眼老井/周围长满茂密的草丛/在厚厚的泥土下/有一片蔚蓝的晴空"，他还写道："我真想填平这老井/堵住那不该串联的胡同/是谁让她在这里徘徊/浓雾，紧锁小草的朦胧"。诗中的那个"她"，是晓东的奶奶，在老井那一片蔚蓝的晴空里结束了自己的生命。

爱情是甜蜜的，晓东写了他的初恋，"笑起来，她总爱抿嘴，像一朵含苞待放的春蕾，那欲启又闭的芳唇里，珍藏着情窦初开的花蕊"（《难忘她，抿嘴一笑》）。他还写到在艰苦的环境下，夫妻二人的相濡以沫，《别忘了，当年的穷家》："水兵退役的第一个夜晚，庵棚里，碰撞出爱的火花，洪灾过后的两间宅基地，成了我和她早期的驻扎。"

作为一个律师，他的职业和他对这一职业的思考也进入了他的诗歌。写得较好的有《律师的口杯》《律师的行囊》《你的泪，是火》《夜，静悄悄》《瞭望大海》《聆听大海》《驾驭星星的牧童》《童年的星河》《流泪的云彩》。在《律师夜行曲》中，他表达了一个法律工作者对职业的敬爱和对道义的承担。"我用黑夜为白昼淬火，把狂热冷却得刃角分明；我用繁星向黄昏回射，矫正被斜阳扭曲的身影。我要唤醒千万家灯火，还有灯火旁窜飞的流萤；我要带上千万朵白云，还有白云间缺月的隐情。""我像一道奔突的火，在光的背阴处化烬而明；我像一把凌厉的剑，在夜的鞘套里浴火而锋。"这几句诗读起来音韵和谐，对仗工整，朗朗上口，铿锵有力，显示出他扎实的汉语功底。

至于一些人所讲的，晓东诗的语言采用的还是传统的格式和风格，晓东也有着他的思考。他说："市场经济的熏染，似乎让很多诗人有些'低迷'，沦落了诗魂，丢掉了民族精神，诗而不歌，歌而不诗，因而也就没有充分发挥华语诗文之音节和韵律所固有的写作特长，致使整个民族呈现出'到处诗歌'却又'远离诗歌'的沉闷状态。"

晓东的诗让我想起了郭小川和闻一多。郭小川是中华人民共和国成立后至改革开放前那一段时间最著名的诗人之一，他明朗刚健、激情澎湃的诗风影响了一代诗人。闻一多是新格律诗的代表诗人，代表

于此一变，而当时诗歌成就最大，以诗仙、诗圣著称的李白、杜甫，完全以古风传世，大概就是不愿意拘泥于格律吧。

宋袭唐制，于诗已不能达到唐人境界，不得已推陈出新，以词争长。词本是教坊戏曲专用，为了便于演唱，不得已而截短续长，不能拘于五言七言，所以又称长短句。宋代走上文坛后被称为"诗余"，即用诗句的剩余材料组成的文句。既称"诗余"，当然免不了讲求平仄，只是表现形式更为宽松，所以虽尊婉约派为正体，但是，豪放如苏东坡，也可借词一抒英雄豪气。

蒙古人入主中原，有些读书人基于情势，不得已栖身瓦肆，为水平有限的卖艺人作些小曲，于是元曲聿成气候。

大明光复汉官威仪，诗词歌赋并无起色。其时思想禁锢，诗词亦无创新。这种状况一直延续到清末，诗坛即使有好诗，也不过沿袭唐宋格律，已经走进了死胡同。这时的诗，已经很难表达自己的意志，远离了"诗言志"的宗旨。

五四运动，开启新文化先声，诗与文皆崇尚白话，实为千百年文化之巨变，却完全符合老祖宗直抒胸臆的诗文宗旨。但是，在诗坛，却并未见文艺复兴之盛况。白话诗作者不少，读者不多。究其原因，一是"五四"以后，社会长期动荡，诗歌被迫为政治服务，背离了形象思维的原则；二是格律诗占据诗坛一千四百年，积久成习，一直被视为正宗。诗不讲格律，则淡寡似水；而讲求格律，又是新诗人们不擅长、不愿意的。还有的人，根本不懂押韵，以为诗歌就是把话分成一行行写出来的文字游戏。于是就按这样的理解去写诗，而美其名曰"突破""创新"，吓到了一批读者。这样根本就不懂诗的"诗人"写的诗，内容当然毫无可观。诗坛有此异类，堪称笑柄。

　　无奈之下，各方诗圣只有寻求诗歌样式的突破。本人也曾参与此事，借出版物力推青年才俊进行诗歌形式的创新，然而结果实在让人失望。早期有人模仿苏联诗人马雅可夫斯基，一个字算一行诗，因为有苏联诗人撑腰，一时风头强劲，但很快就遭到出版界的抵制：诗歌是按行算稿费，一个字一行，实在太占版面、太费钱了。此后有朦胧派崛起，不过是拾文艺复兴时期法国诗人的牙慧，除了"不通""不是人话"以外，没有任何可称中肯的评价。更有甚者，竟然是抄袭钱钟书《围城》中作为讽刺对象的假洋鬼子的朦胧诗，格律韵致当然无从谈起，内容之空洞无物也自不待言，如果你胆敢较真请教一下作者："您老这写的是什么意思呀？"那么对不起，你不仅问不出个名堂，还会落个"不懂诗"的话柄。"以艰深文浅陋"，莫此为甚，"思无邪"是做不到了。

　　面对这种情况，我只能说，白话诗已经走到了绝境。如果有人告诉我现在某地的诗歌连作者带读者加一块不够一桌人，我一点都不感觉奇怪。

　　然而，2015年劳动节那天，我读到了刘晓东的诗，我流泪了。当读到——"在野性肆虐的年代／恨自己没能把缰绳抓住／所以，才让狂躁的烟尘／在蹄角间飞扬跋扈／从此，小路上耿耿童心／被锁进浓浓尘雾"（《在小路的转折处》），我仿佛看到了一个被社会封闭的寂寥孤苦的心，一个在乡间小路上踽踽独行的孩童。农村成长的少年，谁没有独处的时刻？唯独作者把他放进了社会的大背景中。那可怜的身影，震撼着我们的心灵。"有一轮圆圆的月亮／悬挂在故乡的池塘／池塘里，宁静的月色／在旋转中哗哗作响／母亲在

村口的槐树下 / 就着水搓洗汗渍的衣裳 / 父亲在田间的水渠里 / 守护着浇灌久旱的高粱 / 我跟随父亲，玩耍着 / 燥热里追逐夏夜的清凉"（《故乡的月亮》）。谁还能记起孩童时代的生活场景？轻轻几笔，让我们再度领略到那凄清俊美的田间风情。

"我用黑夜为白昼淬火 / 把狂热冷却得刃角分明 / 我用繁星向黄昏回射 / 矫正被斜阳扭曲的身影 / 我要唤醒千万家灯火 / 还有灯火旁窜飞的流萤 / 我要带上千万朵白云 / 还有白云间缺月的隐情 / 漫漫静夜里，我在颠簸 / 重重关山里，我在驰骋 / 我像一道奔突的火 / 在光的背阴处化烬而明 / 我像一把凌厉的剑 / 在夜的鞘套里浴火而锋"（《律师夜行曲》）。

作者是一名律师。新时代的律师，肩扛弘扬社会正义，普及法律知识，保护公民合法权益的重任，与旧时的讼师不可同日而语。但由于陈旧观念的影响，社会上某些人对律师的偏见仍在。在这样的社会背景下，作者恪尽职守，以顽强的毅力、出色的工作，赢得了委托人的信任，也赢来了社会的赞许。

作者是农民的儿子，曾经是一名军人，现在是一名律师，业余时间从事诗歌创作。通读他的诗篇，字里行间，那浓浓的亲情，那淳淳的乡风，那对家乡的挚爱，那对事业的执着，那对人生真谛的感悟，那对军旅和律师生涯的自豪……在笔触下自然流淌，如清风拂面，如白云行空，如天籁寂寂，如流水淙淙，没有诡异的辞藻，没有惊艳的语句，一切都那么自然，那么唯美，那么纯真，像一个朋友向你叙述他曾经的遭际，像一位老人向你诉说自己的生平。这样的诗作，才真正达到了"诗言志""思无邪"的境界。倘若你能耐心读上两首，相信你一定会心潮难平。

最后，我想起了一副著名的对联：铁肩担道义，妙手著文章。

（作者为阜阳文史专家）

铁肩担道义　妙手著文章

题材丰富，因事而诗

本书的特色之一是诗作内容与作者的人生经历息息相关，作者正是以诗歌的体裁忠实地记录了自己半生的阅历和情感。书中除了关于作者童年、军旅、律师生涯等内容的作品外，还有相当数量的诗作是因事有感而发：一个偶发的热点事件、一部电影、一次聚会、一次旅行等等，都被作者诗录了下来，或议论，或讽刺，或鞭挞，也有深入的思考和深深的忧虑。这些诗作在题材上固然丰富多样，但有些内容不但不易写出诗歌的美感来，还容易把诗歌带入狭窄的对具体事件的描述和议论中，这也是我一个不写诗的读者给作者提出的一个建议吧。

愿作者一路吟唱，且歌且行。

（作者为安徽皖凯律师事务所律师）

目　录

一、留守村野

二、奔波乡愁

三、苦恋昨夜

四、情牵军旅

五、梦绕繁星

六、魂系山河

七、正步天涯

八、踏浪海角

九、诗涌远方

一

留守村野

童年的牧笛

我时常想起童年的牧笛
笛管里藏着欢乐含着蜜

明媚的春光舔舐着笛孔
绿叶儿拨弄着成排的洞隙
吸进田园里飘然的柔风
呼出庄稼汉粗放的豪气
摘一朵喇叭花贴近猪耳草
吹一曲布谷鸟在旷野轻啼

吹得汗水浸湿了牛背
汇入村口潺潺的小溪
流向原野，流进花丛
流回泥土般朴实的心底
蜂儿寻着笛声飞来了
把花芯里的音符逐个采集

吹得露珠在禾苗上眨动
望穿夜空遥远的沉寂
穿过流云，梦绕繁星
接通蓝天上辽阔的音宇
彗星和萤火虫划过的流光
映衬着古老乡音的神奇

伴随着儿时牧歌的余韵
苦旅中吹奏更多的甜蜜
我的心音，在旅途上跳荡
飘洒着蒲公英花絮般的诗雨
埋头书卷，辛勤笔耕
纸页上洒满拉犁的汗滴

一曲曲悠扬而嘹亮的笛声啊
唤醒昨夜反刍时的叹息
放牛的孩子，笛管一样耿直
人生的歌，却是弯弯曲曲……

童年的星河

记忆里，有一条小河
它是我童年的星河
河里的星星，最亮最多

我沿着河畔呼唤母亲
她在繁星里艰难跋涉
古老水车，缓慢地滚动
辗过我的童年
辗出带血的深辙

劳累中，她轰然倒下
一颗残星往河底坠落
砸向我的梦境
溅起悲壮的漩涡
那凌空旋转的涟漪
淤积在荒芜的河坡

汲干了，河里的浪花
湮灭了，梦中的星火
我把心埋进土里
陪伴繁星们复活

又是清明时节

我祭拜故乡的小河
转瞬几十年巨变
结束了数千年蹉跎
母亲，用崛起的灵魂
唤醒了奔腾的沉默

啊！我童年的星河
已是斗转星移的闪烁
河里的星星，最亮最多

童年的捡拾

我回望故乡的村址
总想起童年的捡拾

一筐筐冒汗的辛劳
被一滴滴晨露打湿
一堆堆原始的采集
被一场场风雨侵蚀

捡丢果，我搜寻秸秆
觅蝉蜕，我攀爬桑梓
放学后剜一篮野菜
晚饭前拾一捆枯枝

母亲，在黄昏里分拣
枯枝为柴，野菜为食
旭日里啃一轮苦涩
弯月下嚼一片忧思

悄然间，我泪洒热土
这里滋生歃血的奢侈
是谁？在挥霍残阳
豪赌着，海喝山吃

熬煮过野菜的锅里
煎炸着飞翔的羽翅
浸泡过辛酸的酒里
沉醉着人性的良知

童年时，鸟语花香
寻找着，何处捡拾
为永葆炊烟的祥和
我怀念田园的风姿

我留恋每一寸泥土
我珍爱每一粒沙石
我要用田野的清风
谱写原生态的史诗

播撒着，啼啭的岁月
催生着，芬芳的时日

村口的老井

村口，有一眼老井
周围长满茂密的草丛
在厚厚的泥土下
有一片蔚蓝的晴空

童年时，我问奶奶
小孩，从哪里出生
她指向茫然的村口
说我生在井旁雾中
草丛里，扒一条茅根
深井里，捞一颗小星

从此，我常在井边窥望
白天看云，夜里看星
我曾用春天的绿叶
编织成金色的童梦
镀上月色，放入井底
托起大地的凝重

就在那夜拂晓
传来凄惨的叫声
那撕心裂肺的呼喊
惊碎我童年的梦境

我急忙奔向村口
那里，又捞出一颗星星

奶奶静卧在草丛里
耳朵似在聆听
身旁，这嘈杂的世界
难得宁静和轻松
在通往天堂的隘口
她未能绕出迷宫

我真想填平这老井
堵上那不该串联的胡同
是谁让她在这里徘徊
浓雾，紧锁小草的朦胧

故乡的月亮

有一轮圆圆的月亮
悬挂在故乡的池塘
池塘里，宁静的月色
在旋转中哗哗作响

母亲在村口的槐树下
就着水搓洗汗渍的衣裳
父亲在田间的水渠里
守护着浇灌久旱的高粱

我跟随父亲，玩耍着
燥热里追逐夏夜的清凉

梦里，我蹚过条条小溪
乘月色，在原野上飞翔
我真想融入跳动的渠流
滋润每一株干渴的心房

醒后，已是皓月当空
母亲擦拭我身上的泥浆
臂弯里仰视她的憔悴
泪水，滴落在我的脸庞

母亲流着泪，面带苦笑
愧意中，饱含无奈和辛酸

从此，我牢记这番母训
啃嚼着书本，反刍着精篇
寒窗外，那呼号的风雪
吹旺我血液中求知的火焰

路边，我发现秋蝉的遗体
覆盖着冰花的肃穆和庄严
书包上，那初升的太阳
回照着它对我秋日的悲怜

我把它揣进怀里，残棉败絮
更易于帮助它越过冬眠

春天里，母亲摇动着纺车
理顺着线穗上零乱的纠缠
她，再一次把破袄缝补
特意在太阳下绣一只秋蝉

一叶飞舟，开始破冰翱翔
朝着未来，张开火红的风帆
这是母亲为我设计的商标
朴实、美丽、大气而宏远

我沿着母亲指明的航道

走遍天涯，为人间采集温暖
夜半时，她摇动纺车的灯影
伴随着厂房里机声旋转

母亲啊，那白发苍苍的针线
织绣着阳光下苏醒的秋蝉

远天的云彩
——记童年时的一次野外露宿

有位少年，仰卧在田野
幻想着追撵远天的云彩

母亲的魂灵，从这里升起
化作满天纠结的情怀
他要裁下燃烧的晚霞
替落日围上火红的裙摆

他乘驾蒲公英飘飞的花絮
抖落黄昏时喧嚣的尘埃
手腕上，拴一头小牛
反刍着发出孤儿的悲哀

夜幕下，童心入梦
深秋的寒霜，将他覆盖
一片片被凝结的花絮
袒露着，衣衫的残缺

也许，他真能飞向蓝天
带回一朵久违的母爱

突然，手腕上缠绕的缰绳
把一颗小星拽出云海

回首堤岸，他张开双臂
滑翔着缓冲陡然的摔跌

作一次人生的软着陆
原点上，陪伴它共度长夜
彼此紧挨着，一起取暖
共同遥望那天边的沉月

醒来后，虽见旭日通红
脸上，蒙一层浅霜的苍白
那一夜，彻骨的冰凉
冻僵了他终生的豪迈

越是孤独，越向往蔚蓝
越渴望依偎宽容的柔怀

像投身儿时撒娇的拥搂
重温着母亲端庄的神态
慈爱中，他牵手阳光
亲吻云缝间含泪的笑靥

如今，他依然伫立田埂
守望着，飘向远天的云彩

雨中，我走过泥泞

雨中的田野，清新宁静
我曾经赤着脚走过泥泞

在这条弯弯的小路上
留下我，童年的不幸
一位少妇，在这里早逝
泥土里瞪大牵挂的眼睛

她目送儿子从这里上学
跟跄着磨砺坚韧的心性

滑倒后，我重新爬起
矗立着环顾大地的凝重
倾斜时，我挺直腰杆
平衡着仰慕蓝天的淡定

跌撞中，我恪守本分
坎坷中，我步履周正
不堪重负，我学会担当
倍受压抑，我全力举擎

饿极了，我剥吃榆皮
采食过蔷薇带刺的嫩茎

手被刺破了，血雨交融
花瓣上滴落永远的伤痛

蓑衣斗笠，如漏檐滴水
泪一样呵护瘦弱的生命
在那饥荒而泥泞的岁月
老树残疤对我颇有诟病

今天，我驱车冒雨归来
高速路连接故乡的幽径

母亲，依然在这里等待
等我带来对苦难的回应
当年的泥泞铺上柏油
树痕上萌发重生的喜庆

肃立坟前，捧一束蔷薇
盛开着，我对母爱的崇敬

回忆，在故乡

郊外踏青，我遥望故乡
原野上翻滚绿色的海洋

出生在那座无名的小岛
留给我终生难忘的回想
村口的黑喜鹊在树上做窝
桅灯般指引我扬帆起航

一排排错落有致的农舍
和鸟窝选定相同的朝向
每当我听到啼鸟的叫声
老井里，传来汲水的声响

正是这岛上原始的律动
催搏我心，在风浪里成长

沿着黎明前弯弯的小路
脚步，和启明星一起跳荡
追随着北斗七星的航标
寻找着牛郎织女的寒窗

当明月围上隐晦的风圈
环岛上预示又一场巨浪

我的领巾，向国旗敬礼
波涛里，传来书声琅琅

我相信家乡绿色的大海
同样会升起火红的太阳
数十年，走遍天涯海角
故乡的海，总在心中荡漾

如今，港湾里泄露的环岛
打破圆满，留下一片蛮荒

桅灯上，许是鸟去巢空
枯井下，不见古泉流淌
那一步步抵近的海岸线
蚕食着，风雨飘摇的星光

啊！我的回忆，在故乡
唉！岛的根基，在摇晃
一艘艘乘风破浪的都市哟
也许会搁浅在干涸的海床

云缝里，寻找太阳

——记小时候夏夜捉迷藏的故事

小时候，我酷爱捉迷藏
乡村旮旯，开启儿时的梦想

太爷说，军阀抓壮丁
他躲进磨道，也被五花大绑
奶奶说，她跟随爹娘"跑反"
总也躲不过匪患的猖狂

爷爷曾藏进小河边的苇丛里
任秋水漫过火热的胸膛
从此，他扯起革命大旗
拉起队伍，走进巍巍山岗

父亲，为爷爷递送鸡毛信
握一杆飘着红缨的镖枪
在羊的尾巴里藏着秘密
把黎明，送给胜利的曙光

我出生在公社社员家
连环画留给我几千年过往
玩伴们，争着扮演武工队
夏夜里，和鬼子重演捉迷藏

我带领小伙伴，爬上麦秸垛
笑看对手，陷入灰暗的迷茫
垛顶上，真想抓一把星星
撒进书页，种出明天的朝阳

夜半时，大家实在玩累了
朦胧中睡在田野上纳凉
拂晓前，生产队的马跑了
蹄声震荡，踏碎梦的无常

梦里，似听到兵荒马乱
一根绳，把我捆上战场
烽火台，每一块基石
都压埋着无数个寡妇寻郎

后来，我跟父亲找红军
用枪声唤醒全民族救亡
当国歌奏响新中国的礼炮
百姓们，再不会东躲西藏

祥和中，我虽饥肠辘辘
平安夜，捡食着梦中的丢粮

天亮了，大人们陆续围过来
几匹汗马，在附近打着鼻响
母亲拽起我，逐个抚摸
一张张稚嫩而羞涩的脸庞

我突然想起翱翔的天使
怀念你当年陪同我春播
也许，你蜷缩在废墟中
已经化作爬行的雨蜗

阁楼里，我向远方呼唤
回来吧！燕子，等你归巢

二

奔波乡愁

我是虹，与春潮同行

——写在农民工出行的列车上

阳光，融化了冰河
春风，吹开了云朵
那铺天盖地的潮涌
冲出了苏醒的村落

候车室里，依偎着
白云绕山的嘱托
站台道口，追逐着
清泉跳石的紧迫

人如潮，掀起力之浪
车如云，穿动情之梭
那行色匆匆的足音
汇入列车长鸣的声波

惜别后，牵挂风寒雨冷
重逢时，拥抱山高海阔
互动中，优胜劣汰
迁徙中，物竞天择

云在北方撒一片露珠
点亮大都市万盏灯火
水在南国举一江浪花

空巢里丢下遥远的亲情
当微信里传来留守的儿女
风轻云柔，却见泪如泉涌

风也悠悠，云也悠悠
天地间，都是过客匆匆
故乡的宅院，已荒草丛生

衣锦还乡情

年关将至，人潮奔涌
高速路飞来成群的星
我的梦，在和白云同行

我用北斗为爱车导航
飞驰着锃亮似箭的归程
我用自驾在旅途奔波
狂飙里卷起骑士的雄风

我要带回都市的繁华
还有劳碌中少有的闲情
我要带回昨夜的乡愁
还有喧嚣中珍藏的雅兴

迁徙中，遥遥星月路
风雨中，迢迢山水情

我是一只两栖的鸟
原野上羽化填海的精灵
我是一块补天的石
炼狱里熔进女娲的憧憬

当西服革履踏一方故土

耕曲依旧，飘万千春浓
衣锦还乡，乡情犹未了
牵一半村野，挂一半空城

年关已过，人潮回涌
临别时装满情债的痛
轿车里，我已泪眼蒙眬

今夜，我又要远行

子时刚过，我又要离开家乡
沿着村口的小路，奔向远方

阡陌上，曾走过乞碗丐棍
驿道上，曾驰去铠甲箭囊
如今，我乘驾的是豪华轿车
高速路，飞翔着羽衣霓裳

此去天涯，跻身于夜空
闹市里，寻找遥远的星芒

我要为故乡的田野采集白云
给留守的天空蒙一层安祥
也许，儿女们在熟睡中追撵
哭碎我离别时脆弱的心房

我却用尾气管滴洒的眼泪
甩下童梦里旷野孤烟的苍凉

再见了孩子，咱们视频相会
发一轮在海角悬挂的月亮
那是工友们在车间里劳作
蜷缩着梳理明天的日光

视频里，我看见家中的堂前
一群蜘蛛，在地图上结网

像一座等待捕捉的陷阱
潜伏着掠食者带来的恐慌
我越发担心孩子们的未来
消沉中如何激发身心的昂扬

身后，那日渐凋敝的乡村
能否和城市拥有同一颗太阳

回首聆听，那宁静的院落
天真的童年里，鼾声正香
那鼾声，跟随我飘向天际
肩头上缺失亲情环抱的臂膀

尽管手机里传递七彩画面
千里之外，隔空最贴心的设防
心路上每一个无奈的结点
时刻拉紧父母们牵挂的愁肠

啊！今夜，我又要远行
泪水，打湿我忧郁的面庞

身后，满园桃花

你的身后，是满园桃花
在微笑的背景里飘飘洒洒

亦如昨夜，那枕边的泪滴
滑过你看似开心的面颊
二月里，不该出墙的红杏
顺手拨开你探头的篱笆

于是，你顶着几片红盖头
冒着泪雨，点燃梦的火把

春宵里，作一次悄然开放
只恨绿叶，在被窝里装傻
任凭你，空守一夜孤独
却不愿，和你同步萌发

苦旅中，你在只身前行
人面含笑，迎来满天朝霞
风雨中，你在独自担当
桃花带泪，润红遍地枝桠

朝霞，铺平你拜堂的红毯
枝桠，补牢你洞房的篱笆

一层层，揭开你的红盖头
笑颜妩媚，却也朴实无华

当孩子拥入你温软的怀抱
身为父亲，才刚刚冒芽
此时，你已经流干眼泪
抚慰着，把青果慢慢养大

你的花瓣，把生命孕育
你的泪滴，把火种播撒

三月里，满目端庄的季节
催生着儿女们青春的火花
窗外，一个个歪嘴红唇
比墙外酸杏，更饱含春华

啊！你的身后，硕果满挂
夏季风雨，仍在飘飘洒洒

都市里，灯海无岸

儿时的夜空，星光璀璨
为早年的童真蒙一层浪漫
于是，我放飞远行的风筝
向天际延续着飘忽的丝线

从此，我成了第一代打工者
拨开了布谷鸟飞天的雾幔
追随着风筝，我寻找大海
寻找和星空一样迷人的璀璨

有一天，我登上高高的灯塔
心中的花朵，在云端里放电

霓虹闪烁，辉映万家灯火
车灯穿梭，亦如流星飞炫
隧道里，那呼啸的轻轨
划破地层下天然的幽暗

十字街口，红绿灯时明时灭
理顺着我那想象力的紊乱
高速路旁，柔光灯蜿蜒而去
拓宽了我那星光梦的浩瀚

摇篮（外一首）

也不知有多少不眠的夜晚
你我面对面轻抚着摇篮
两双臂筑起感情的围堤
拥抱着爱河里天伦的光环

一阵暖风吹开荷花的容颜
扬起笑浪，扬起心之帆
一叶小舟满载生活的祝愿
驶向未来，驶向春之岸

我们应该不停地摇晃
筛去甜甜的梦和呼呼的鼾
在"S"形生活航线上
最需要颠簸、起伏和震颤

胸　徽

登黄山，摘一根松针
游岳麓，采一片红叶
松针，意味着刚劲
红叶，代表着炽烈

做一枚胸徽送给儿子

让人生放眼山峰的视野
心灵上举起信念的旗帜
青春里注入燃烧的热血

当你领略大自然的启迪
才能感悟父辈给予的亲切
红叶是我坚韧的白发
松针是你正直的气节

这是写在胸前的教诲
生命总需在烈火中锻冶

母亲啊！您在哪里？

假如活着，您已经年过八旬
死亡，定格您三十五岁的青春

从此，您在儿子的心目中
是一位永远年轻的女神
虽然比不上现代少妇的华美
素面含笑，更显得慈祥温存

您像一只终生劳作的雌燕
迎着春风，剪裁我童年的荒村

清晨，您衔来旭日的红光
翱翔着，染透每一朵白云
您在田野上采集着飘花
为凋落的繁星织缀飞天的羽裙

傍晚，您撷取落日的余晖
燃烧着，点亮每一片灯群
您在夜幕里哺喂着雏鸟
为静谧的庭院增添生活的温馨

每当我在您的怀里安详入睡
梁上的泥窝，似有相同的鼾音

生物界，那极为原始的母爱
共享着按需分配的体温

我真想让小燕子钻进被窝
在您的怀里感受人间的天伦

于是，我天真地捣毁鸟窝
强拆着，剥夺了幼弱的灵魂
为此，您狠狠地揍了我一顿
告诫我：燕子是咱宝贵的乡邻

我含着泪，埋葬了鸟窝
还有鸟窝里那一家骨肉亲情
那只雌燕，在树梢上哀鸣
每逢听到，您都忧心如焚

终于有一天，您病倒了
弥留之际，仍热泪沾巾
您拉着我，指向窗外的树梢
那里，有一位孤独的母亲

您走了，走得如此悲伤
也带走了卵翼下我无知的童真

我按照您老人家的嘱托
在雏燕的墓地旁挖一座新坟
愧对母亲和同胞的小燕子

成了我心中永难磨灭的碑文

又是一个紫燕报春的季节
树梢上，仿佛鸣啼着您的化身
我再一次想起那早夭的雏燕
何时反哺母亲的养育之恩

一步步，我走回久别的故乡
残垣断壁，袒露被拆迁的创痕
像童年时被我捣毁的燕窝
废墟中，传来被压埋的呻吟

我沿着田埂，仔细地寻找
唯见烂尾的楼盘，山一样嶙峋

山的下面，您是否搂着小燕子
在同一个被窝里安祥地就寝
可怜啊！那失去娇儿的母燕
也许，已老态龙钟，无人问津

一排排华灯初照的马路旁
谁在拾荒？打发着凄凉的黄昏
人世间，我已经踏破铁鞋
再也找不回白云下田园的清新

假如还活着，您会后悔吗？
您是否怀念那三十五岁的青春

眼下熏风，遮蔽了燕子的翅膀
怎能举得起已被风化的星辰

母亲啊！您在哪里？您可曾知道
身后的田野，已被子孙们瓜分

我的太阳鸟

——回忆在那场风波中爷爷与孙子的深夜离别

记得，我奔向厮打的路旁
把惊鹊拥进老迈的夕阳
贴紧了被吓得颤抖的心房

像抱着太阳鸟温软的羽毛
在我的怀里蜷缩着翅膀

窗台上，他仍在张望
哭喊着，指向喧闹的现场
他的爸爸，在那里被打
打碎了，他童年的梦想

派出所里，他伸出小手
捧摸着眼前带血的面庞
指点着纵横叠加的血迹
稚气里似见闪电般的火光

我抱着他，亲吻着泪滴
他却转而投向父亲的胸膛
仰望着脸上血染的抓痕
天真里如遇雷鸣般的轰响

恐惧中，他在向天发问

是谁？抓破他依偎的山岗

夜幕下，他渐渐远去了
唯留银河里那扭曲的愁肠
还有我两鬓孤独的寒霜

那画面，一次次闪现
记下了骨肉离别的忧伤
转瞬间，不知他去向何处
我只好呆望星汉的苍茫

在白昼与黑夜的轮替中
他也许会领唱鸟语的交响
在暴风和骤雨的裹挟中
他也许能搏击晴空的净朗

但愿他牢记太阳的祖根
让翅膀插满黎明的曙光
涅槃里蜕变出金色的麟角
灰暗中发起闪光的翱翔

盼望有一天，他踏夜归来
带回太阳鸟恪守的纲常
对心的伤疤作理性的丈量

当陷落被拯救出一片祥和
谁不舔舐伤痕累累的过往？

一道道情感撕裂的创口
被写进一首首人生的诗行

啊！昨夜离别，权当是放飞
真希望他飞向明天的朝阳……

我的妈妈

——一位大学生儿子写给母亲的信

虽然，您不是生我的妈妈
但您是抚育我成长的妈妈……

是苍天发起子时的分娩
让我顶着懵懂的夜色挣扎
是您，裹起被蹭破的黎明
托举着冉冉升起的朝霞

一颗颗相继归隐的星辰
露珠般抖落着霓虹的浮夸
真担心重新降临的夜幕
会再一次拉开虚幻的繁华

我却孤零零地渴盼着
襁褓里把喉咙哭得沙哑
是您，采来一滴滴清露
滋润我人生的艰难萌发

从此，我在您的呵护下
享受着母亲的大爱无涯
像一道道曙光，刺破海面
迸溅您一身浑浊的水花

您每一次责备后的拥抱
柔若涟漪，向我心中散发
推送我飞向理想的蓝天
作一次普照万物的横跨

古诗词雄阔苍凉的笔风
在您的解析下如细雨孕化
几何题天圆地方的求证
在您的演算里似惊雷叱咤

也许将来，真能如日中天
您的大海仍会把我牵挂
因为，在您波浪般的皱纹里
每滴泪都闪耀太阳的光华

此生，您我有缘相遇
在同一个屋檐下共巢为家
风雨中，那一次次哺喂
为的是让旭日火红地喷发……

妈妈啊，您是我的妈妈
是抚育我健康成长的妈妈
人生路上，最好的向导
指引我，走向远方的灯塔

灯塔上，那反哺的光芒
照亮您每一朵微笑的浪花……

三

苦恋昨夜

你的泪，是火

外出打工，咱们一起漂泊
我总夸：啊！你的泪是火
是从深泉中喷出的流火

那两汪清澈透明的春水
紧连着心海深处的旋涡
日涌月溢，常伴星星洒落

你的泪，是夜半的蜡烛
照亮我通宵苦读的书桌
陪伴我在书山里刻苦求索

你的泪，是远航的桅灯
照亮我日夜兼程的船舶
引导我在学海里艰难拼搏

直到考取律师的送行之夜
我才第一次发现你啊
早已把爱的火焰烧向我

真舍不得火一般的泪珠抛落
慌乱中，我把你泪脸深情抚摸
让燃烧的泪全滴进我的心窝

后来才知道，是人生愁苦
磨砺成你流泪的性格
冲淡你青春时凄美的秋波

我希望你流下的是最后一颗
尽管泪里带血，血里冒火
唯有心志，催动奋进的脉搏

书签上，你陈年的泪痕
已经绽放燎原的花朵
我激情雄辩，是你花间的硕果

夜，静悄悄

原以为律师都能说会道
他却像夜一样，静悄悄

白天，下班归来，还是写
也不会对我开一句玩笑
夜晚，我只把床的一头枕高
为了学小鸟在窝里骂俏
谁知，他却到另一头躺下
木鸡一样呆，不懂情调
我埋怨地蹬着他、蹬着他
他火了：当心把灵感蹬掉

午夜里，他轻轻爬起来
笔尖儿在灯光下闪耀
窗外繁星，洒落在纸上
小草滴露，唤醒万家鸡叫
黎明时，我发现昨夜不宁静
他嫉恶扬善，在我梦里长啸
法庭上，我见他慷慨陈词
像悬河，冲击我心，怦怦跳

别以为我的夜哟，静悄悄
他的心，涌浪一样，在咆哮

难忘她，抿嘴一笑

——回忆少年同桌的她

笑起来，她总爱抿嘴
像一朵含苞待放的春蕾
那欲启又闭的芳唇里
珍藏着情窦初开的花蕊

课堂上，我向她瞟眼打量
端详着各种姿态的优美
她更像挂满露珠的小草
睫毛下饱含辛酸的泪水

我沿着泪痕，寻迹窗外
早春严霜，打得一片枯萎
折断了无数冰冻的叶茎
碎裂时，映出更多的晨晖

教室里，我送她一丛残叶
草根处蕴含生命的芳菲
田野上，尽管憔悴而褴褛
相信会萌出秋果的丰肥

然而她辍学了，饥寒之夜
拥抱着，敞开少女的心扉
她，依然是抿嘴一笑

腮边，流下两行泪水

从此，我踏上曲折的旅程
千里追梦，寻她结伴同归
蓓蕾童心，代泪花绽放
少年黑发，被风霜染灰

她的泪，仍在冲击我心
心的桌面，化作千山万水
我只好乘夜色遥望弯月
她在微笑，笑得顺心舒眉

渔火，在她的港湾里闪烁
流星，在我的心路上疾飞
我飞向冉冉升起的朝阳
白发如云，已把红颜包围

暮年重逢，彼此山水相依
抿嘴一笑，又见大地春回

初恋的火苗

不是闺蜜，却很像发小
乡道上，飞翔着两只小鸟
那时候，我和她一起上学
手拉手穿过无数个拂晓

黎明前，虽是夜色黝黯
启明星，却能和翅膀聚焦

昨夜油灯，辉映着繁星
渐渐地，燎红晨曦的一角
一轮旭日染透她的倩影
点亮我瞳眸里初恋的火苗

从此，我和她都热爱红色
地平线上留下红色的注脚

她写出一笔笔红色的字迹
我从上到下，仿她勾描
我提出一个个红色的问号
她由浅入深，帮我推敲

她总想把我塑造成英雄
模仿雷锋，把泥人细雕

当面临一场莫名的风暴
一夜间都带上红色的袖标
踏上天安门接见的列车
草根们，向窗外振臂呼啸

东方红的乐曲，迎接日出
国际歌，伴奏牧童的笙箫

我把她，紧紧揽在怀里
深恐拥挤，挤垮她的蛮腰
她把我，轻轻拽在身边
悄然暗示，女性月事未消

我依然紧扶着我的女神
庄重得像拉着母亲的衣角

广场上，那红色的海洋
涌动着架起相爱的鹊桥
我用手托扶她温柔的肩腋
旗帜如帆，在眼前挥飘

这是一次人生航程的净化
红色的爱，亲密而不疯妖

每一次端详金婚的合照
花丛里，她似我心屋藏娇

爱的神箭，射向电脑空间
上传她年轻时淑女的窈窕

望着窗外那一片花花世界
更怀念列车上相拥的良宵

阳哥与苗妹

蓝天上有一位红脸蛋的哥
大地上有一位穿绿裙的妹
冲决了年轻人含羞的天性
他俩在春天怀抱里默默幽会
乘阳光他打来传情的彩球
借苗露她送去爱慕的秋水

就这样，阳哥与苗妹相爱了
白云和春风争着为他们做媒

哥送妹一件订婚的礼品
仅采来一缕绚丽的朝晖
妹送哥一片真诚的情意
仅飘起一阵田苗的香味
她为他舞起多姿的绿裙
他向她伸出闪光的金臂

就这样，阳哥与苗妹拥抱了
蓝天和大地为儿女的幸福陶醉

他热情豪放，肝胆照人
她风姿绰约，清芬柔媚
他用细雨，把春意催发

她用露汁，把金秋哺喂
用自己的血发出光和热
用自己的汗浇灌富和贵

就这样，阳哥与苗妹结合了
爱情和贞操在婚乐中更显高美

夫时刻点燃宇宙航海的灯塔
妻日夜酿制生命食粮的精髓
她像一匹锦缎，美而不华
他像一团火焰，烈而无灰
当母亲把儿女顶在了头上
远方的父亲，可曾知儿女是谁

就这样，阳哥与苗妹生下穗子
穗芒和阳光在喜庆中交映生辉

把你比作桃

你开在三月，转瞬即凋
论姿色比不上羞花含娇

虽然你只有短暂的妩媚
却似处女，孕在暖春良宵
虽然你饱含昨日的酸涩
但作蜜桃，愿与明月相邀
你的心，融进广袤的原野
缔结在枝权，风雨飘摇
幻化成情意绵绵的鸠鸟

你在绿叶掩映中栖息
像一丛徐徐燃烧的火苗
你在乡野田园里成熟
和篝火同唱古老的歌谣
引来婵娟，为桃色伴舞
你的绯红更比淑女窈窕
款步轻移，踏上我的鹊桥

月光下，我把你红唇窃吻
窗台前，你把我眘相偷瞧
你由衷夸赞，我很敬业
我倾心爱慕，你很聪巧

默默相视中，张开双臂
相拥着，飞向天高路遥
几度狂吻，吻歪你的嘴角

当玉面爬满坚实的核皱
嫦娥闭月，留下一轮缥缈

萌发的心歌

——怀念荒村之夜的琴声

是由来已久的积贫积弱

凝滞了少女初涨的春潮

从此，她像支断了弦的琵琶

很难弹奏出萌发的心歌

虚度了多少个美好年华

枉费了多少次精心弹拨

一阵春风，吹绿大地

疏通了多年闭塞的经络

长期暗哑的断弦接上了

铮铮音宇，蓝天般壮阔

月光下，她已经定准心弦

只盼着琴键，轻轻一拨

多少年，蓄满感情的颤音

爆发出风的威猛、浪的狂勃

一叶小舟直扑澎湃的潮头

摇撼天地，冲向汹涌的漩涡

一轮朝阳染透涟漪的红晕

激情疲惫，泛起悠远的余波

夜色里，那飘向窗外的琴声

典雅中，带有原生的疯泼

阳春和睦，催开蓓蕾的花蕊
白雪消融，破解严冬的封锁
高山，在晴空下拥抱彩云
流水，在小溪里缠绕村落

她真想伴着琴声高唱：啊
我有了，有了一个新生命
有了一支在心中蠕动的歌

苦恋，在昨夜

忘不了昨夜那一弯月牙
偷看我初恋时穿着的尴尬

穿一件破褂打满了补丁
像全身长遍流脓的疮疤
大腰裤子，嘟噜在臀部
裆前的褶皱，拧一团疙瘩

虽然我心，紧致而内敛
无奈，被贫穷拖得犯傻

胆怯着，来到村口的树下
正赶上月亮把树梢攀爬
自惭形秽，我躲进树荫
让夜幕掩盖一身的松垮

她，悄悄来到我身旁
笑声如月光，轻轻飘洒

夜幕里我对她欲近又远
全忘了她和我青梅竹马
本以为，我只是一堆牛粪
不忍心玷污她美丽的鲜花

于是，黑影里捉起迷藏
矛盾的心，似有小猫在抓

我藏在暗处，怕她着急
她撇在后面，让我牵挂
小溪里，那弯弯的月亮
引导着我和她来到堤坝

堤坝上，我和她汗流一处
在两畔种下茂密的桑麻

桑林里，她抚摸我的补丁
麻丛里，我挽起她的长发
一滴清露，滑过我的鼻梁
洒落在她那白净的面颊

我真怕身上躁动的虱子
会闻着芳香，到处乱爬

她却宁静地穿引着针线
趁月光缝补我炸线的穷疤
当残缺回复到一轮圆满
我虽幽暗，和她一样无瑕

啊！少年苦恋，在昨夜
我爱她，就像那一弯月牙

她，从不嫌弃我的窘迫
夜幕里搓洗圆月的光华
洗去我往日烦心的虫蛀
包装着我这男人的俊拔

这辈子，我对她终生守护
不准许，叮咬她一丝毫发

放飞风筝

—— 一位留守妻子为外出务工的丈夫送行

村口惜别，我为你送行
行囊里装满清新的黎明
举一轮红日扛在肩头
像放飞昨夜梦里的风筝

在缠绵欲醉的拥吻里
延伸着，牵挂的柔情
在闪烁欲滴的泪光里
跃动着，远去的背影

蓝天，开一朵美丽的花
大地，升一颗璀璨的星
牵一缕飘忽不定的游丝
传递你和我无言的叮咛

花儿，连着根系开放
星儿，顺着轨迹运行

你去追随彩虹的跨越
我用心托举你的坚挺
你去绽放生命的火花
我用爱点燃你的升腾

你在飘摇动荡中翱翔
几经摔跌，仍高歌长风
我在山水相隔中期盼
几经风雨，仍含笑晴空

月夜里，我常到村口守望
为你调适更高的风绳

像一只苦等紫燕的灰雀
留守在你我初恋的窝棚
孤灯下，我向你默默飞去
悄然拉近遥远的云层

即便你在银河里淘金
也别忘昨夜那一番梦境
梦里，曾一起放飞风筝

怀念草绿

说起来，非常有趣
她和我都喜欢草绿
喜欢那绿色的田野
还有田野里绿色的小溪

我曾用绿色的柳笛
为她吹奏明媚的晨曲
她曾用绿色的荷叶
为我遮挡清冷的夜雨

她劝我，送还过鸟蛋
送回树梢上温馨的蜗居
点点音符，月光下闪动
梦巢里孵出飞翔的旋律

我劝她，放生过蝴蝶
放飞田园里钟情的爱侣
小小精灵，花丛里追逐
旷野上飘起蝶恋的心语

七夕夜，偶遇小溪边
心路上跋涉相思的苦旅
她纺织白云，缝补岁月

我反刍野草，品嚼风雨

雨后的田野和风拂碧
传粉的季节以身相许
她送我初吻，闭蕊凝香
我送她傻笑，憨态可掬

当贫瘠的童年萌出春华
她亲手帮我穿一身草绿
依偎在风纪严整的胸前
任柔情溢满田间的沟渠

她的长发，滴泪成溪
洒我一身送行的花絮
化作翩翩飞舞的白鸽
终于把我的橄榄绿衔取

十年后，我重归故里
与她结成人生的伴侣
都市里，那花红叶翠
紧连郊外泥土里的根须

手牵手，长街漫步
时常怀念那一片草绿
怀念那绿色的田野
还有田野里绿色的小溪

梦中的爱

昨夜子时，在梦里相见
梦见织女，把缺月缝圆
我就是那头憨憨的牛郎
卧在身旁，看她飞针走线

她嫣然一笑，含香吐玉
留给我永难忘怀的惊艳

一阵冲动，我悄悄偷吻
她回眸一瞥，笑我一厢情愿
那粉脸涨红，躲开我
逃向夜幕，逃出地平线

旭日初照，疑是梦人重现
却原来，她是我今生的最恋

一位村姑，从田间走来
带一身通宵耕作的疲倦
曾记得，她和我同窗苦读
窗外，回荡着呐喊的动乱

在辍学回乡的话别之夜
她遥指银河，饱含忧怨

在广阔天地里，那鹊桥
是一条美丽而空旷的弧线

从此，我和她爱的神话
隔一道不可逾越的天堑

恢复高考，已是日过正午
我和她步入知识的圣殿
她为我缝补失落的岁月
我为她耕耘荒芜的田园

曾一起在街头见义勇为
曾一起在路旁据理争辩
她的纱厂，在我城区的楼后
我的工地，在她故乡的村前

当立交桥连通古老的沟壑
地平线上，到处是霓虹飞炫
弧线上，走来我如烟的往事
天堑上，迎娶她似水的流年

转瞬间，已是黄昏时分
鬓角的白发，依稀可见
我建起无数座雄伟的大厦
她织成无数匹绚丽的彩练

一轮夕阳，回归原野尽头

在月下，重温对梦人的思念

我真想陪伴她，漫步鹊桥
阅尽银河里繁星的画卷
然后，静静地卧在她身旁
恭候她，缝补我人生的缺陷

在故乡的小河旁

在故乡的小河旁
我和她，曾陷入迷茫
那一浪接一浪的躁动
把倒影摆弄得痴醉癫狂
扭曲我瘦削的身材
撕扯她褴褛的衣裳
深夜里，那月下初吻
倒影，在嫉恨中摇晃

她那蓬乱的头发
遮住我抖索的肩膀

在故乡的小河旁
我和她，曾充满向往
那一环扣一环的涟漪
把岸柳抚慰得宁静安详
滋润我青春的活力
映照她妩媚的面庞
深夜里，那花前拥抱
岸柳，在惊羡中鼓掌

她那黛色的瀑布
流下我褐色的山岗

在故乡的小河旁

我和她，曾一起奔忙

那一弯连一弯的彩虹

把轻舟打扮得风流倜傥

铺展我创业的征程

张开她智慧的翅膀

深夜里，那浓情似水

小船，在桥孔下出航

她那坦卧的柔怀

任凭我尽情地滑翔

在故乡的小河旁

我和她，曾共赴小康

那一道又一道的霓练

把河畔装点得亮丽绵长

洋溢我收获的喜悦

折射她金秋的辉煌

深夜里，那真爱如帆

心路，在晨梦里拓广

她那锚定的情缆

牵挂我眷念的故乡

荷塘边，点击月光

坐在电脑旁，点击月光
像点击村口宁静的荷塘

我和她常在荷塘边闲聊
时而垂钓，时而撒网
时而泛起潜在的冲动
去打捞沉积已久的痴狂
时而扑进水塘里嬉闹
把一池青绿搅得浑黄
惊得涟漪乘晚风离去
吓得游鱼随乱云躲藏

一片瓦砾在浮萍上躁动
青春滴玉在水漂里流淌

塘面上，那月中躬影
倚窗捧读每一颗星芒
岸柳下，那雾里莲花
出水裸浴每一丝亮光
启迪我，在小小方寸间
博学无涯，阅尽人间沧桑
晃动着识别波纹的曲直
摇曳着辨明倒影的短长

一支鼠标在碧波里跳跃
生命含苞在浪花间绽放

当虚幻萌出真实的根茎
泥污里伸展洁白的翅膀
我和她在无限空间里奋飞
守望着荷塘月色的安详

别忘了，当年的穷家

妻子埋怨说，我眼真瞎
不小心，嫁进你的穷家

水兵退役的第一个夜晚
庵棚里，碰撞出爱的火花
洪灾过后的两间宅基地
成了我和她早期的驻扎

几根木棍，搭起人字形
十面草帘，糊一层泥巴
草缝间，留作透光的窗纱

过期的旧报纸糊在墙上
代替石灰洁白的粉刷
为装点室内，挥笔作画
画只公鸡，唤醒梦中人家

谁料，夏夜的一场暴风雨
掀翻了草帘搭成的披厦
漏雨如注，浇湿了被窝
爱的火花结出感情的疙瘩

本以为，她会离我而去

没想到，她陪我步入花甲
在那修缮一新的庵棚里
她的容貌，更显得俊美如花

多少次，夫妻面壁夜读
从过期的新闻中寻找启发
伴随着油灯微弱的亮点
摇曳着迎来窗外的朝霞

窘迫中，人字形庵棚旁侧
种下几十亩肥硕的西瓜
月光下，军港之夜的歌声
轻风微浪，慈母般拍打

苦累中，圆溜溜的小夜曲
甜蜜里似有海滩的柔沙
静静的港湾，庵棚如舰
夜色里守护捕捞的舟筏

收获了，我在庵内设宴
犒劳我草堂发妻的无华
也为饯行，向着都市开拔

席间，她笑谈画里公鸡
孕期馋我，涎水滴湿手帕
那年月，尝遍了酸甜苦辣

我和她在爱的港湾同渡
庵棚，是风雨归航的灯塔
富了，也要为勤俭啼鸣
别忘了，咱当年的穷家

青春的火种

——读战友诗集《曙风》随感

刚下连队，她喊我新兵
那时候，我们都很年轻

她时常为我的名字感慨
拂晓了，盼望旭日东升
我总是躲着她，在角落里
把她的举止，默默紧盯

草绿色军装，整洁而庄重
包裹她亭亭玉立的柔情
苗条的身段，优雅而流畅
衬托她鼓鼓涨满的前胸

面庞白皙，洒几许雀斑
双眼明澈，映一颗红星
鲜红的旗帜，挂在领口
风纪上飘起如火的心旌

我痴痴地看她，看得发呆
她从朦胧中走来，脚步轻轻
慌乱中，我急忙躲进丛林
她咯咯笑起来，非常动听

彼此零距离，相视无语
情动夜幕间，含泪共鸣
子夜里，她听我饥肠辘辘
黎明前，我听她心跳咚咚

山野上，两把刺刀两支枪
交叉着托举远天的月明

天亮了，她却提前退伍了
军号声，遮不住心中的冷清
飞奔着，我赶赴离别的车站
月台前，再一次默看女兵

她在车窗内，频频招手
笑声背后，也许泪眼惺忪
想必，那几许耀眼的雀斑
已经溶化，融进纯情的潮涌

她是否知道，我来送别
窥探着，送来迟到的黎明
请原谅，那无礼的暗恋
皆因株连，才让我胆颤心惊

后来有一天，我收到邮件
文稿里，夹一张母女合影
画面上，流露出书卷的气息
两副眼镜挡不住咯咯的笑声

老了，我对她忘情地抚看
回味战友间生死相依的心境
那曾被疑为毒草的诗作
记载着草丛上露珠的飘零

还有月光下，那两把刺刀
紧跟哨位上流动的红星

扉页上题写：你是我的拂晓
我是你昨夜黎明前的曙风
我突然发现，雀斑不见了
她的面容，越显得玉洁冰清

如清露滴落在辽阔的原野
似星汉隐退在广袤的晴空
啊！我们共同播下青春的火种
朝霞里，萌出一队队晨星……

守住感激

这辈子，我对你心存感激
授受不亲，却能够心有灵犀

初小毕业时，第一次分手
我目送你的背影，泪眼欲滴
有一天，你挎着串亲的花篮
从我家的村口，蹚过小溪
当时，我赤裸着站在岸上
慌乱中，扑进嬉笑的涟漪

从此，我总想和你见面
以郑重的方式，向你赔礼
真不该在少女羞涩的面前
暴露出，粗鄙而丑陋的躯体

高中时，彼此在校园偶遇
狭路相逢，我真想钻进缝隙
胡同内，我感觉你目光犀利
简直要钻透我褴褛的布衣
没想到，你对我莞尔一笑
浑身上下，散发温柔的气息

仔细打量，你此时的容貌

像一株青莲，亭亭玉立
特别是，你发如瀑布的胸前
似有香蓬，在悄悄地隆起

我第一次从你的身上发现
黄毛丫头成熟时微露的秘密
真后悔，那一次不该逃避
拨开浪花，一直潜入水底
而应当模仿偷窥的鸡头草
看蜻蜓在小荷尖上不弃不离……

课堂上，我躲在教室一角
梦回当年，又见风生水起
你像一段刚刚出水的白藕
通灵剔透，扯不断我的心隙

我发誓，永远捍卫你的圣洁
到前方，经受血与火的洗礼
怀里，揣几本你送的小说
睹物思人，我把它引作知己
硝烟里，续写着书中的故事
炮火交织，映红我赤裸的躯体

脑海里，闪现出你的宽容
庆幸你原谅我童年的裸浴
赤膊上阵，我守护你的端庄
牵肠挂肚，你盼望我的归期

战场上，烽火连天的拼杀
忘不了，少年时暗恋的甜蜜
我，曾试图接过你的花篮
在母亲面前，重蹚爱的小溪
然后，在月色恬静的荷塘边
相拥着做一次短暂的小憩

一阵群射，在远山里炸裂
惊呆了梦幻中你胆怯的泪滴
是谁？帮我脱去战服的碎片
擦拭着裸体处伤口的血迹

当我从昏迷中缓慢地醒来
为什么？你却成了他人的娇妻
我知道，我会赤条条地离开
仅带走遗骸里嵌入的弹皮
红色碑铭下那黑色的锈片
也许是天底下最贵重的聘礼

这辈子，愿你过得比我好
守住国门，守住那一份感激……

暗恋的初萌

肩负使命，进驻猫耳洞
洞内混居着临战的男兵
像洞旁绵延的山坡上
布满了鲜花盛开的青藤

附近，峰巅上那一轮圆月
映照着洞内蜷缩的身影
我真想献出心中的花朵
陪伴他发起明天的冲锋

洞外，那隐藏远天的敌机
偷袭着轰炸边陲的黎明
他急忙把我守护在胸口
免遭月牙般残缺的伤痛

当我从他怀里慌乱地爬起
他背上深埋崩落的土层
当青藤拂去山梁上的尘烟
他更像一座擎天的云峰

我以母性特有的温柔
帮助他整肃出发前的军容
亦如恋人在村口送别

吻几朵唇印为勇士壮行

他的背影，渐渐地远去
撩动我青春时暗恋的初萌

昨夜月光下，洞内闷热
我汗湿的薄衫透一身春浓
他却紧盯着敌情的动向
时刻遥望那神秘的夜空

他舍不得留一丝余光
瞟一眼皎月下女人的乳峰
我劝他脱下长衣长裤
他顾忌腿上浓密的毛茸

就这样，出战之前的夜晚
他错失了擦肩而过的柔情

又是黄昏，再度狂轰滥炸
担架上抬回他血染的雄风
我和姐妹们为他清创
唯留唇印，笑对满天繁星

一整夜，我守护在他身旁
用歌声舔舐他伤口的血凝
像青藤缠绕大山的挺拔
硝烟里飞扬着甜美的百灵

轰炸中，一颗炮弹落下
当代军魂化作巍峨的山峰

我用唇印，为遗体化妆
伴随他在爱意里走向光荣
我把母爱裹进他的襁褓
深恐掉落，会把他摔疼

英雄儿女回到祖国的怀抱
歌舞厅到处是搂臀抱胸
对比猫耳洞混居的岁月
阵地上提纯贞洁的魂灵

每逢凯旋日重回猫耳洞
肩负使命，我为英魂送行

昨夜，千金一刻

在这里曾度过无数良宵
每个良宵，都值千金一刻

时逢双方交战的环境
亚热带雨林被阵地分割
洞里，狭小、潮湿而闷热

我躺在床板上聆听洞外
像野猫钻进越冬的草窝
蜷缩的状态，机警而笨拙

黑暗中，我枕着枪托入睡
像枕着恋人温润的胳膊

她像条玉带，缠绕在枪上
梦里，蟠上天安门的楼阁
广场上飘扬着红星五颗

她，仰望着头上的五星
把胸前的旗帜深情地抚摸
亲吻着被鲜血染透的红色

我的梦，酷似风花雪月

感受着母性特有的温和

昨日激战，她像只小鸟
在我的身边轻轻飘落
用柔情包扎我流血的魂魄

然后，她那娇小的身体
背着我，背走受伤的山坡
还有我和她洒下的血泊

突然，立春后渗漏的雨水
惊醒了被窝里拥偎的小蛇

忘不了，花丛静卧的恋人
与死神，把我的生命争夺
却耗尽她青春的最后一刻

墓碑前，我用昨日的弹片
雕塑成小蛇蟠绕的枪托
橄榄枝映衬着壮丽的山河

远天，还有一群飞翔的白鸽……

云海里，浪涛澎湃

少年时，盼望着她的到来
她来了，像玉兔一样洁白
从此，那灵动的云朵
在庭院，繁衍出滔滔云海

原野上，盛开的牵牛花
相拥着在她的发间佩戴

转瞬间，几十年过去
一头青丝比兔毛更白
飞机上，她那满头银发
融入窗外翻卷的云彩

望着当年初恋的姑娘
这辈子，有句话不吐不快
假如当初咱躲进云层
鹊桥，能不能通往天外

航线上，白云堆积如雪
穿云破雾，把雪海犁开
却犁不断梦中的情缘
还有庵棚外老树的根脉

村口，那无聊的指指点点
已经化作被甩落的尘埃

彼此，挽起一丝白发
化作柔情，留给茫茫云霭
飘然回归遥远的村口
胜过红尘最华丽的粉黛

庵棚内，珍藏几番风月
见证少年时神话般的钟爱
那浩瀚无垠的长空啊
未见鹊桥，唯有浪涛澎湃……

四

情牵军旅

士兵的胸怀

记得第一次奔赴战场
背着枪跨上南疆的山梁
我站在蓝天和大地之间
任感情和刺刀在月下闪光

热血，冲击着心的海域
士兵的胸怀和将军一样宽广
如果有一天我当上元帅
一定把宇宙军重新调防

撤去太阳系古老的轨道
命九大行星到长城边站岗
集结起漫天的云伍雨阵
下田野修筑绿色城墙

雷公，再不许妄自空喊
应当驱电车疾速飞翔
星斗，再不许逍遥天外
应当为夜市点亮灯光

我还要指挥高炮部队
向蓝天射去黄河长江
浇灌瑶池边久旱的蟠桃

注满月亮湾干枯的河床

我还要派遣运载火箭
给太空送去水泥和钢
翻修织女厂磨损的纱锭
重建牛郎村颓废的桥梁

啊！元帅心中有综合型思维
士兵眼里有立交式光芒
山梁上屹立着新的盘古氏
伟躯傲岸，随着天地伸长……

淬炼，在深山

——唱给原基建工程兵的赞歌

告别家乡草绿色的平川
开赴峰峦起伏的边关
穿过一道又一道隧洞
我来到神话中的火焰山

胸前飘扬着燃烧的红云
头上顶一颗闪光的星盏
高唱战歌，我走进军营
老君岭下，练就一双火眼

我曾在二郎峰日夜瞭望
警惕着边境外狂犬吠天
踏遍青山，寻找三昧真火
蒙天网，撒开乾坤的风帆

我钻进铁扇洞的肚子里
掘进着把每一道死角打穿
通向五行山火热的炉膛
炼狱里，感受地覆天翻

一群儿女，把青春献给国防
掘进中，重塑祖国的河山

我愿做一次自我粉碎
堆积成吸纳日光的沙滩
我愿做一次自我冲击
汇聚成释放岩浆的海湾

我的骨肉，浸泡着酸液
星海里喷发腾冲的火山
我的血汗，饱蘸着浓墨
云层里描绘敦煌的飞天

我用心合成着天地精华
从炼狱里提纯日月灵丹
我用伽玛仪探测着能量
亦如金箍棒，宁缩不弯

脚蹬风火轮，走遍天涯
催生着遨游太空的飞船
神女峰下，那道大峡谷
搏动着浴火重生的涅槃

当母亲河流出闪光的乳汁
新的生命，已飞向云端
蓝天上，那红色的筋斗云
射出了十万八千里急弯

啊！我真想再穿草绿色
重步军旅，淬炼，在深山

岩石的棱角

当兵时，经历过钎打锤敲
浑身上下，都是坚韧的棱角

因为有棱，石头垫着石头
才能够耸立山峰的崇高
因为有角，肩膀抵着肩膀
才能够扛起飞天的虹桥

她用绳索，兜起悬崖峭壁
我用竹杠，抬来烟波浩渺
水库旁，汇聚五湖四海
军营里，集结山高路遥

淬取池旁，我宁碎而不软
水冶车间，她宁疲而不娇

坑道里，我用风钻掘进
矿液里，她用玉手揉搓
汗水，浸泡着我的挺拔
辐射，侵蚀着她的苗条

躬身劳作时，如一弯强弓
心弦上射出燃烧的火鸟

列队操练时，似一把利剑
寒光里刺响凌空的长啸

发射架，骤然井喷的火光
染红了夜幕里幽深的云霄

如今，我和她阔别大山
回眸军营，化作一群岩雕
江湖上，四处流行的潮涌
并没有磨圆岩石的棱角

她的玉手，仍在搓浆浴火
我的风钻，仍在点石发飙
兵心映关月，绷弦搭箭
士气贯长虹，弯弓射雕

当五星红旗飘扬在太空
山岗上，回荡着龙吟虎啸

大山的儿女

——记一位将军与部队战友们的合影

幕府山下，是谁轻轻一摁
快门闪动，拍下千古一瞬

山谷里，一代英雄儿女
摆下了战天斗地的军阵
顺势群立，肃穆而严整
宛若一体，苍劲而雄浑

那倚山高挺的热血男儿
守护着昨夜鏖战的山门
拂晓前，坑道里发起冲锋
掘进着打通胜利的凌晨

那英姿飒爽的巾帼红颜
酿制着今朝祝捷的香醇
子夜里，浸泡池精心筛选
揉搓着淬取燃烧的火神

正是这火热的军工生涯
锤炼着山岩上兵戎的坚纯
正是这特有的人民军队
前排的将军才貌不惊人

他的心，和士兵们在一起
浓缩的激情饱含着热忱
当金童和玉女遨游太空
山坳里照亮往日的军魂

这里，是一座历史的丰碑
满山将士，和群峰同根
身后，那滚滚东流的浪花
欢呼着簇拥飞天的功臣

记住！一群大山的儿女
岩缝里萌出马尾松的精神
引领着山后那一江铁流
呼啸着，向着长天飞奔

啊！照片依旧，旗帜犹存
像雄鹰，搏击着烽火烟尘

我是草根

——写在"四十年后战友再聚首"联谊会上

四十年前，我成了军人
草绿色，是我青春的化身

帽徽，在头顶上闪烁
每个棱角，都折射着星辰
领章，在胸口前佩戴
每面旗帜，都飘扬着红云

山岗上，那嘹亮的军号
唤醒了黑夜对梦想的封存
坑道里，那嘶吼的风钻
打通了沉寂对喧嚣的回音

机声隆隆，在沟壑里回荡
月光下旋转着升降的天轮
我，战斗在操作台上
卷扬机，把钢缆徐徐延伸

送下去的，是开山的勇士
运出来的，是飞天的仙魂

传说，女娲氏在这里炼石
模仿兵卒，捏一堆泥人

然后，投放到炼狱里
炼就岩石般顽强的子孙

那子孙，组成一支支劲旅
血液里混合着大山的基因
那基因，分明是一团团烈火
骨子里埋下辐射的尖针

当火辣辣的顽石插上翅膀
相信它真能补牢苍天的裂痕

一辆辆满载石头的矿车
疾驰着，犹如呼啸的风神
工地上，挂满露珠的小草
和我一样，累得大汗如淋

尽管，一片片白云过后
擦拭着小草们故有的清芬
无奈，一阵阵雾霾掠过
重又蒙上厚厚的粉尘

细胞里，那红与白的肉搏
血小板凝结着垂泪的呻吟

别以为我的心已经枯萎
绿叶凋尽，只剩下草根
我用挖掘机不停地装填

也许能填平岁月的皱纹

啊！四十年前，那片草绿色
化作泥土，仍会萌发青春

我也曾带孩子重回故地
追忆冲锋时铁流的汹涌
我的心，仍在和你接吻
像大海，与山魂紧紧相拥

啊！这是一次最美的绝吻
吻出儿女们对母亲的忠诚

英雄啊！你在哪里？

——深切怀念81192战机的英雄飞行员

坚信还活着，但已化作星辰
在广袤的蓝天上，搏击风云

二十年前，你在南海飞行
守卫着共和国进出的大门
像小鸟，盘旋在故乡的枝头
抵御着远天外入侵的鹰隼

亦如在浪花间穿梭的海燕
精灵得像一粒弹射的微尘

出鞘时，你抽出一道道寒光
雾霾里，挥动着霹雳剑刃
你在被蚕食的海面上交织成网
俯视着围歼血淋淋的撕啃

亮剑时，你夹带一阵阵雷鸣
海天上，激荡着烽火烟尘
你在被肢解的岸线上羽化成电
鸟瞰着击退赤裸裸的瓜分

每当你从地平线飞向海空
鸽哨悠扬，期待你的回音

原野上，那牵挂枝头的风筝啊
似在呼唤，你凯旋的归心

在你的身后，有一道长城
屹立着，千古炎黄的子孙
目送你，踏上报国的征程
飞向大海，飞向长天的幽深

回眸间，原野上白云缠绵
含泪带雨，传递着儿女情真
你，义无反顾，勇往直前
为祖国，奉献出壮丽的青春

一场遭遇战，在空中周旋
狭路相逢，迸溅出铁血英魂

一声巨响，绽放漫天繁星
你拥抱浪花，在漩涡里凋沉
一团火光，燃沸汪洋大海
你乘驾彩虹，在白云间现身

幻化成，舍身炸碉堡的勇士
叠映出，挺胸堵枪眼的兵神
一座座英雄群像，高悬于天
能否在风筝的导引下重返家门

仰望南海，一颗星辰陨落
何曾唤醒对艳星们偏执的追吻

重温旧事，一部民族史诗
何曾激发为共和国效命的热忱

海岸上，敬望你长眠的波涛
波涛里埋下，抱恨不平的山根
村口处，追寻你飞离的丝线
丝线上传来，勇斗苍鹰的颤音

你是小鸟，也是一只风筝
在南海的上空，不惜裂骨焚身

一根羽毛，繁衍出亿万翅膀
一片纸鸢，焕发出数代童心
阅兵场上，那遮天蔽日的小鸟
飞遍天涯，也要把你找寻……

一群群孩子，正在放飞风筝
村口的枝头上，伞花如云
一艘艘舰船，正在种植岛礁
南海的十段线，绿洲似笋

假如确已殉国，你还会重生
惊涛骇浪，练就你海燕的坚贞
因为，二十年前的南海里
种下了一颗永不凋谢的星辰

啊！英雄啊！你在哪里？
海空亮剑，是你飞天的军魂

浴火，在边关

沙漠，戈壁，雪峰，冰川
界碑旁，我拉动警惕的枪栓
天上的星星在枪膛里跳动
保卫着万家灯火的平安

身后的古长城，蜿蜒起伏
烽火台，守望着祖国的河山
故乡的小白杨在身旁矗立
思念着漫山遍野的杜鹃

当年，映山红盛开的季节
青春之火，把激情点燃
我持枪巡逻在边境线上
新的长征，在步履下伸展

征途上，那引路的旗帜
飘扬着长弓待发的绷弦

关月似镰，搭一弯彩虹
强弓里射出对雪崩的反弹
箭矢如锤，划一道流星
冰裂下，夯实铁打的营盘

跟着红旗，我走向哨位
枪膛里，迸发闪光的星盏
几千年华夏凝结的情怀
把家国举擎在哨所的峰巅

峰巅上，长明电输送的灯火
照耀着夜空下警醒的雄关

跋涉在生死相伴的旅程
让金戈承受血与火的淬炼
穿行在无端炎凉的天地
任铁马踏破冰与炭的极点

缺氧时，那豪迈的长啸
被风雪压抑成窒息般的咳喘
哨位上，那淋结的冻雨
凝铸成长津湖冰雕般的峰峦

大漠里，每一颗滚烫的沙粒
都蕴藏着黑夜中难忍的高寒

当我在界碑旁笔挺地站立
风刀霜剑，雕刻英雄的庄严
回望身后，那长城内外
万家灯火，辉映皓月的静圆

哨所里，杜鹃和小白杨

在梦乡里发出一声声呐喊
犯我疆土，虽远必诛
烽火台，练就勇士的肝胆

啊！边境线上，我仍在巡逻
古老的长城，又添新砖
枪栓，在夜幕里不断地拉动
冷月下闪射着瞄准的光环

我再次把繁星压进枪膛
血燃熔炉，浴火，在边关……

小溪中的浪花

——献给退役军人的歌

带着雨丝缠绵的情愫
带着岩浆凶悍的暴怒
心泉搏动，弹奏雄浑的军乐
铁流汇聚，掀起狂烈的奔突
你勇敢地冲过封锁线
呐喊着，朝制高点猛扑

分明是智勇双备的将才
更兼有弹道般理想的跨度
为了把祖国辽阔的大地
描绘出中华复兴的蓝图
你甘愿俯下笔挺的身躯
匍匐在田间青纱帐深处

于是，你选择一个伟大的爱
去亲吻嘴唇干裂的泥土
把凯旋门流动的花环
别上她溢满稻香的胸脯
她也佩戴着金穗项链
用歌声拥抱你庄严的正步

你用心之力，泵出彩虹
跨跃着，发起恋情的登陆

她用花之渠，泛起柔波
祖卧着，渴盼春水的漫入
彼此，融汇在希望的田野上
大爱无声，亦如细雨润物

如果需要你再次冲锋
汇入江河，迎接大海的日出
你准会惊涛拍岸，奔腾着
突破层层岛链的围堵
甚至，在扑向彼岸的炮火中
不惜会同时崩碎自己的头颅

直到远洋那阴森的漩涡里
弹奏出故乡牧歌的音符
你依然留恋小溪中的浪花
耕曲里高扬浇灌田园的飞瀑

啊！你的灵魂在沃原上闪光
一滴血，一团火
一支雄壮的队伍……

五

梦绕繁星

沂蒙山上的乳峰

烽火连天，燃烧在沂蒙
山峦上，耸起一群乳峰
那是大地隆起的崮
那是母亲涨满的情

云遮羞涩，雾裹温柔
岩缝里涌出一股水灵
枪林中，蒙一身烟尘
弹雨下，染两袖腥风

黎明前，硝烟散尽
死神，依然狰狞
一抹晨曦，嘶哑着
呃动干渴的喉咙

乱石里，一双峰峦
哺喂着，轻唤朝阳苏醒
生死线上，吮一口温馨
滋润着冉冉升起的绯红

待到危崖崛起时
再扶亲人出征
走向山道弯弯

回听泉水叮咚

那婀娜多姿的曲线
那坚贞不屈的身影
名垂功德千古
流芳风情万种

啊！沂蒙山上的乳峰
饱含母爱的深情

我爱你，我的青蒿

——祝贺中国女药学家研制青蒿素荣获诺贝尔奖

你是我心中绿色的野草
我是你梦里红色的花朵
当初，祖先们曾把你品尝
绿叶里，吻红我的酒窝

从此，你用青春的萌发
凝结成秋日金色的硕果
我用盛夏热烈的绽放
发散着严冬对百草的冷缩

我的花蕊，传粉于蓝天
播撒着宇宙阴阳的广袤
你的叶茎，植根于大地
续写着本草纲目的杰作

一轮旭日，照得万山红遍
花丛里，走来赤脚的华佗

堤下汲草，为涌浪切脉
轻抚着母亲河鼓荡的经络
崖上攀花，为大山熏灸
缭绕着神农架宽厚的胸廓

风雨中，你我携手跋涉
驱赶着肆虐神州的病魔
油灯下，你我并肩伏案
把草药的奥秘潜心研磨

你的内心，怀一股倔强
发自于一个被牢记的嘱托
我的行列，藏一片荒芜
来源于一个被遗忘的群落

你要把自己生命的花蕾
嫁接给爱慕已久的青蒿

四十多年，半生的品尝
尝尽叶枯叶荣，花开花落
在我众多的绿色体液里
燃烧着你祖辈相传的薪火

我用我心，捧一束鲜红
绽放着黄帝内经的渊博
你用你血，燃一腔热忱
践行着救死扶伤的承诺

领奖台上，你由衷感言
啊！我爱你，我的青蒿
那一身早被淡忘的苦涩
融进花香，彰显你的崇高

乳山，千古大爱的瞬间

——有感于照片上女警哺喂灾区孤儿的动人场面

曾去大海，驱车过乳山
晨曦染红起伏的峰巅

一群睡美人，挺起胸
支撑起广袤的蓝天
养育一代代华夏儿女
还有江河里奔腾的波澜

忽闻灾情，慷慨赴危难
废墟上屹立又一群乳山

那铁血铸就的肩膀
那岩石雕成的身板
环抱白云间的柔情
蓄满峭壁上的甘泉

为失去亲人的孩子啊
重圆破碎的摇篮
一滴滴滚烫的火种
把再生的希望点燃

堰塞湖上，相依在孤岛
拥搂着筑起道道伟岸

山体滑坡，患难在危崖
哺喂着耸起座座峰峦

啊！乳山，有群峰作伴
定格在千古大爱的瞬间
这是为母亲们树起的丰碑
刚柔齐天，功德到永远

让我们放飞梦想

——一位来自大山的女工牵挂故乡"溜索"跨涧的孩子

湖面上，孩子们荡起双桨
撩动我心，和碧波一起畅漾

初春时，我来到这座城市
陪护着岸上浓郁的芬芳
汗水，浸透了每一片绿叶
为都市撑起夏日的荫凉

故乡的山岭上繁花似锦
曾编织无数个美丽的梦想
我站在山后涧河的那一边
渴望驾彩云往彼岸飞翔

当年的恋人在惊涛里摇橹
小船，像野马随浪涛俯仰
颠簸中，我被甩向浅滩
他的生命，被旋涡卷入大江

山崖上，乡亲们纷纷赶来
拯救了即将分娩的姑娘
月光下，男人们拉满强弓
射出溜索，连接两岸的山梁

从此，在我儿子的幼年里
那索道，激发着童趣的张扬

他曾在跳绳时逐波踏浪
也曾在秋千上荡出院墙
在陡峭的山坡上牵动风筝
钻进云层，追撵鸟语的交响

当游丝和索道纠缠在一起
梦里，扯断了牧歌的悠扬

溜索上，来自原始的捆扎
把往返托付给那山水的苍凉
孤独中，谁忍心往下俯瞰
浪涛里，何来救生的舟樯

那一天，我含泪惜别儿子
愿山神保佑他在溜索上滑翔
还有那融入波涛的灵魂
守护着青山绿水的安详

今天，我在彼岸擦拭着蓝天
歌声里拥抱火红的朝阳
小船上，一群群可爱的孩子
高唱着：让我们荡起双桨

我真想划动他们的小船

翻山越岭，把来路丈量
一路上，那挂壁式高速
托起一座座彩虹般的桥梁

故乡山后，那惊涛拍岸
一对恋人在索道上笑声飞扬
飞进小船，和我共同摇橹
为城市送去大山的花香

啊！孩子们，一起荡起双桨
欢呼着：让我们放飞梦想……

我在悬崖绝壁飞翔

乘驾索道，冲开云遮雾障
我的心，在悬崖绝壁飞翔

危崖边，追思罗霄风云
山藤上悬挂泣血的月亮
那村姑，为掩护红军突围
引开白匪，在崖缝里躲藏
夜幕下，她抱着青藤入睡
晨曦里滑落映山红的芬芳

绝壁处，回望狼牙烟尘
峰巅上闪动挥砍的刀光
那壮士，为解救百姓危难
抗击日寇，筑起血肉城墙
卷刃后，他向着深渊起跳
陡涧下长眠着横断的山梁

当年，那跳崖殉国的峭岩
摇曳着风哭草泪的悲凉
眼下，那含苞待放的藤蔓
纠结着帘惊梦碎的愁肠
幽径旁，虽是山花烂漫
追兵们，仍在背后开抢

如今，那穿越时空的小路
杜鹃啼血，染红四海三江
一丝钢缆连接空谷险壑
架一道通往远天的桥梁
先辈们，纵身而跳的壮烈
托举起昨暮坠落的朝阳

啊，我沿着索道凌空跨跃
心系英魂，向着朝霞飞翔

峰巅上，仰天感慨

——抱孙子一起到大别山革命老区红色旅游

山脚下，我把他举得高高
他是否听到？战马啸啸……

数千年，庞大的狩猎场
截取的只是狼烟一角
地上，躲藏着受伤之兔
天上，逃亡着惊弓之鸟

是谁？结束了千年混战
赞叹道：江山如此多娇！

昨暮，带儿孙游览大坝
佛子岭水库浪击山腰
硝烟里，面对千疮百孔
峰峦上，立一座英雄群雕

修闸堵漏，医治战争创伤
废墟上，亦如金屋藏娇

身后，那一尊弯弓骑射
射不出南岳山弹丸之遥
而在蘑菇状的烟云里
核发射，曾几度直冲云霄

几代人，沐浴在夕阳下
看远山，似有云梯虹桥

鄂豫皖山道，弯如藤蔓
赤卫队红缨，灿若火苗
农会分田，分得山雨欲来
穷人夺印，夺得地动天摇

是谁？打下这人民江山
开创了今天的雨顺风调
受伤之兔，用微信寻诊
惊弓之鸟，在网络唱疗

风云里弥漫着北斗的长波
传递着空间站无限神交
可惜，汉武帝的铁蹄
跨不过新时代疆域迢迢

我真想把后辈举向峰顶
峭崖上傲视帝王的渺小
当东方升起火红的太阳
狩猎场岂敢再血腥地围剿

人世间，谁是千古圣贤
开国领袖，超越历代天骄
仰天感慨：数风流人物

唤醒昨夜，仍牵挂今宵

是谁？鏖战在通天险径
阶梯上，血染每一级石条
永垂着红军荡涧的青藤
传咏着杜鹃花开的歌谣

峰巅上，我把他举得高高
他是否看见？红旗飘飘……

梦回古长城

——感受古长城被人拆挖的历史之痛

遨游太空时，回眸张望
祖国山河，有条巨龙飞翔
蜿蜒在故乡的崇山峻岭
向世界展示民族的脊梁

每处烽台，都是一座城堡
每块方砖，都是一处界桩
台阶上跃动着巡逻的兵勇
高墙内闪耀着驻守的刀枪

战马旌旗，挥动秦皇戍边
塞外麾帐，昭示汉武封疆
烽火台点燃壮士的激情
瞭望口紧盯风云的动向

那看似闭关锁国的城门上
敞开着同一片蓝天的梦想

梦里，那共同的家国情怀
萦绕在祖国的每一道山梁
山脚下，那连绵不断的灯火
辉映着夜幕里每一缕星光

星空里，曾几度梦回古长城
目睹雄关，留下几许苍凉

万里风骨，已是满目疮痍
肩锁膨突，山野似在流淌
残垣断壁上，明堡被偷挖
颓墙废墟处，秦砖被争抢

像一座悄然决堤的大海
再不见当年大决战的汪洋
海潮散去，即便残坝林立
也不过围几处干涸的浅塘

当城乡覆盖着微信的群络
繁华都市，架起互通的桥梁
用血肉，筑起心的长城
江山如画，开放历史的长廊

雄关漫道，通向大海的包容
星在远方，期待着随时归航

烧向云端的怒火

微信里，截屏一场场大火
灰烬虽凉，仍在把心烧灼

我真想化身为大江大海
引领着星罗棋布的湖泊
钻进消防兵喷射的水枪里
用血液洗礼被熏烤的山河

无奈，高不可攀的险径上
风卷火势，水源似被阻隔
亦如冲锋时扫射的子弹
在抢占阵地时骤然卡壳

山脚下，那一条条河流
仍在悠闲地翻滚着浪波
似在说，宁肯山被烧塌
也无关生命中流动的花朵

当人们沿街巷为烈士送行
远方的风，吹泛黑色泡沫

山火中，感同身受的燎疼
竟成了讥讽英雄的戏说

镣铐下，尽管已低头认罪
也熄不灭烧向云端的怒火

群情激愤，何时提升人品
烈火铁血，铸就华夏强国

巴黎圣母院冲天的尖顶
在众目睽睽下瞬间倾落
一片唏嘘，在冷灰里谢幕
空留冥冥中垂泪的雨果

爱斯梅拉达，杯水之恩
只会感动善良的卡西莫多

我身为人海里区区滴水
愿做消防兵射出的江河
像一条条翻江倒海的巨龙
合奏成赴汤蹈火的壮歌

啊！微信里一片片灰烬
已陷入火灾后冷静的思索
山坡上，那被烧焦的斑痕
仍在感受着沟壑的冷落……

共和国男神

在我眼里，他就是男神
是一座座萌于我心的昆仑

我是他脊背上攀登的岩羚
绝壁上缭绕白云般的山魂
陪伴他穿越广袤的原野
奔波着走向历史的变身

他是我心中机警的雪豹
冰川上倒映迷彩服的花纹
为让我安享和平的岁月
用猎枪把贼寇杀出国门

猫耳洞，那蛰伏的身躯
像子弹被压进枪膛的高温
每一次冲出战壕的激射
牵动我心，穿透硝烟征尘

正因为他在血火中拼杀
我才能劳累时安详地打盹

梦里，我飞翔在川藏线

民族脊梁撑起华夏的乾坤
我看到一排排伟岸的身架
凝铸成一座座崇高的桥墩

一阵长鸣，唤起长空雁叫
两行热泪，相伴热血激吻
我要把东方恋人的温柔
献给他坚如磐石的忠贞

那是他千古昆仑的血脉
盘结出三山五岳的龙根
那是我遥寄星空的耕曲
合奏成能工能战的军垦

在共和国建设工地上
活跃着华夏攀岩的种群
我真怕刮来一阵邪风
会吹落悬崖上忙碌的亲人

西征路上，我扶他上马
东归途中，他把我苦寻
岸线上，他描绘海上蓝图
阳关外，我高唱马兰花魂

丝绸路，告别长河落日
在他的旗帜下重步昆仑
发射塔，亦如大漠孤烟

在他的雄风里骤然井喷

空间站里，他把我飘然搀扶
白云缭绕，感动得悄然泪奔

这个年，很静，很静……

——春节期间因疫情防控宅在家里看《大进军》等电影有感

当年大进军，一声号令
中华大地，一片虎跃龙腾
在世界最小的指挥所里
指挥着规模最大的战争
是在土地的根基上运筹帷幄
是在人民的参与下发起反攻

众望所归，推出车轮滚滚
大军所向，传来隆隆炮声
塔山阻击战，围点打援
俘虏了昔日远征的精兵
重重包围，容不得讨价还价
和平交接，保住了千年古城

雪夜陈官庄，热腾腾的馒头
暖透了饥寒交迫的众生
渡江战役中，百舸争流
击退了外国人的孤帆远影
一支敢向侵略者开炮的军队
秋毫无犯，在上海滩露营
雷州半岛，那一场穷追猛打
更增添铁血军人的威名

大西北发自山顶的炮击
轰开了欧亚大陆桥的要冲
当川西歼灭了逃窜的顽匪
两位将军，话别时泪如泉涌
相约在成渝铁路通车时
彼此，再做一次历史的重逢
南征北战，推演着水能覆舟
东进西出，见证着云可托峰

在战马奔腾的古道上
那尘埃，已登上巴山的云层
据说，在川藏线崇高的桥墩里
凝铸着一位军人的魂灵
那早已化作岩石的身躯啊
闪耀着气壮山河的红星

正因为大进军血与火的交织
才铺就北上和南下的合龙
烽火年代，那长途奔袭的脚步
仍在发出连绵的回声
在虎踞龙盘的征途上
演练着令行禁止的阵容
一年一度的迁徙和回归
培育出患难与共的民风

如今，一带一路的建设者
承建着人世间最宏伟的工程

繁衍着红色江山的根脉

延续着心系人民的传承

护佑着勤俭励志的中国人

面对疫情，稍作短暂的休整

梦里，传来一声伟大的感叹

啊！这个年很静，很静，很静……

闪光的巨笔

—— 瞻仰南湖红船,庆祝中国共产党100周年华诞

从千年长夜到百年黎明
涅槃里，孕育着龙的升腾

那来自拂晓之前的呐喊
把青春的气息洒向星空
柴房里，蘸着墨香的甜蜜
翻译着人世间最苦涩的觉醒

于是，红船上有一支巨笔
默记着，那开天辟地的涛声

这支笔，点燃了星星之火
把镰刀和斧子绘成长弓
曾写下枪杆子里面出政权
山沟里熔炼铁流的奔涌

纵横千里，开辟根据地
黑暗里，播下红色的火种

一路上，勾画出千折百回
百战中，圈点出险关要冲

遵义会议上，力挽狂澜

马背诗行里，豪情横空
立志，为劳苦大众打天下
转战二万五千里，浴火重生

最难忘，在抗大的课堂上
布衣伟人，穿一身补丁
理想，在笔端下惊涛拍岸
信念，在雄文里傲骨临风

回顾黎明前破晓时的裂变
大浪淘沙，提纯龙的先锋

延安窑洞内，油灯闪亮
太行山谷间，戎马倥偬
西柏坡，人间最小的指挥所
运筹帷幄，决胜人民战争

在每一场大决战的人海里
车轮滚滚，推出旗帜的鲜红

积贫积弱时，那脱胎换骨
留下觉醒时最强烈的阵痛
北上南下时，那长途跋涉
开启无数次前所未有的长征

从此，中国人民站起来了
踏上富起来、强起来的征程

红船上，那支闪光的巨笔

千古应试，赢得民心赞同

考卷上，永葆对百姓的忠诚……

六

魂系山河

拂晓，从这里开始
——瞻仰韶山伟人故居

小时候，还没有被称作伟人
和凡人家的孩子一样天真

也许，在朝阳处没有宅院
所以，才只好屈居山的背阴
与邻居合住同一个院落
想必，生活得和睦温馨

门前塘边，玩出戏水的童趣
冲坳田头，饱尝农活的艰辛

木犁旁，擦拭昨日的泥铧
石槽边，饲喂明天的耕魂
重复着千古如一的劳作
谁曾想，日后叱咤风云

黑暗中，立志寻求光明
苦难中，决意救国救民

学堂里，吟作一诗春蛙
道出了气吞山河的雄心
于是，他毅然告别家园
跻身于天涯奔波的人群

一根扁担，挑走两卷行李
带回一支人民解放的大军

天安门升起第一面五星红旗
庄严宣告，回荡亲切的乡音
陋室里，那古朴简约的陈设
闪耀着红色摇篮的光晕

历史的拂晓，从这里开始
长夜里，冲出启明的星辰

历史的灯塔

——瞻仰开国领袖题写塔名的"淮海战役烈士纪念塔"

一支巨笔，题写千古风雅
一行草书，铭刻万仞高拔
巨笔下，气贯长虹的狂草
再现沙场上冲锋的战马

武略里，排山倒海的蹄声
飞扬着狂鬃嘶鸣的飘洒
文韬里，行云流水的布白
驾驭着烽火硝烟的章法

一挥而就，率领五湖四海
一气呵成，号令千军万马
枪林里，如步雄关漫道
弹雨下，似在捕捉擒拿

折服帝王家称孤的御笔
挥动开拓者烧荒的火把
从此，那波浪起伏的墨海
荡涤着旧世界污泥沉渣

一身正气，追思人民英雄
一腔激情，感念淮海人家
圈点处，围歼敌军残部

撇捺中，剑指豪绅门阀

碾庄荒沟边，敌师被歼
双堆村落里，敌将被抓
在那人民战争的汪洋里
涌动着老百姓支前的浪花

每一笔，都挥动红旗漫卷
每一字，都点缀江山如画
领袖墨宝，彰显着国魂
点亮了照耀历史的灯塔

北国风光，苍莽而遒劲
雪松上伸展豪放的枝桠
长征途中，磅礴而逶迤
草地上蕴含婉约的萌发

啊！这是一块血染的土地
烈士热血，浇开战地黄花

孩子啊！你在哪里？

这里，长眠着一位伟大的父亲
大浪里，陶冶最杰出的灵魂

那身躯，已化作千秋伟岸
把长河导入智海的深沉
那凝眸，聚焦着万古英明
用灯塔指引着远航的巨轮

那一双指点江山的大手啊
曾把儿子的遗物，默默地收存

卧榻旁，叠进骄阳般的母爱
子夜里，滴洒清露般的泪痕
梦里呼唤：孩子啊！你在哪里？
你是否想念共和国的亲人？

那年那月那日，那残酷的轰炸
血肉身躯，被撕裂成满天的红云
火海里，严守铁的纪律
雪地里，冻成冰的雕群

何年何月何日，何时修满圆月
浩然正气，被追崇为耀眼的星辰

关月下，铸就铁血长城
边城外，笑傲大漠风尘

每当捧起烈士们的遗物
战地黄花，献给人民的功臣

星星之火，燎原着杜鹃花开
湘江血水，激荡着沧浪雄浑
雪山上，留下革命的血脉
草地上，埋下红色的草根

在东渡黄河的每一个日日夜夜
延安窑洞，收发着一封封电文
炮火硝烟里那一篇篇巨著
闪耀着英雄儿女的铁血忠魂

几十年前，那一场场浴血奋战
赢得了共和国傲立于世界之林……

啊！我是您的儿子，我回来了
请把我殓入您博大的胸襟
在您的智海里，绽放一朵浪花
向浮躁的世界，升起一缕深沉

一同长眠，共赴海底揽月……
拥抱太阳，彼此泪雨倾盆……

含泪的瞬间
——有感于开国领袖与烈士母亲的亲切握手

双手一握，握住含泪的瞬间
相视一笑，笑出父母的心酸
你我都有一个儿子，为了和平
把生命，献给了远去的硝烟

在苏维埃卫国战争的沙场上
东方之子，冲锋时一马当先
在卢沟桥入侵铁蹄的践踏下
巴蜀儿郎，为抗战踊跃出川

昨天，面对鸭绿江彼岸的炮火
英雄儿女，捐躯在三千里江山
我的儿子，穿越喋血的轰炸
你的儿子，扑向吐火的枪眼

作战地图上，那滴洒的热血
绽放着金达莱一样火红的杜鹃
战友怀抱里，那洞穿的后背
幻化成红月亮一样悲壮的凯旋

从此，雄赳赳气昂昂的歌声
成了新中国立威之战的宣言
向我开炮，和敌人同归于尽

在向死而生的呐喊中威震云天

我常在深夜里叠放烈士的遗物
让泪水冲洗着百年沧桑的容颜
你也曾将英雄血染的泥土
安放在巴山下宁静的家园

两个儿子，战友间情同手足
异国他乡，做一次崇高的长眠
领袖与农妇，天壤之间的握手
谱写历史上万众一心的诗篇

啊！难忘那一次握手的瞬间
握住了共和国数十年平安
亿万双眼睛，闪烁着泪花
汇入沧海，洒进古老的桑田

火红的魂魄

——教师节，感恩心中的太阳

昨暮，我正在唱着挽歌
长河尽头，闪动泪海的余波
追思着黄昏时悲壮的日落

断肠处，那泣血的晚霞
把大漠孤烟，赤化成一朵红蘑
一盘散沙，熔聚大海的壮阔

童年时，我心中的太阳
是一团在山野燎原的地火
在东方的地平线上不屈地燃烧

烧塌了压在头上的大山
把红旗，插遍每一寸山河
结束了，老树上枯藤的盘剥

清晨，我仰望太阳的升起
胸前的红领巾，随着微风轻飘
你曾告诉我：她是红旗的一角

你教我学唱：社会主义好
我随声欢歌：人民地位高
朗诵着：啊！我爱我的祖国

追寻着日月星光的深邃
探索着文史哲海的渊博
千秋功罪，任你在讲台上评说

升腾的蘑菇云，天之精灵
纵横的河网化，地之脉络
那经天纬地的太阳，功不可没

当神舟一次次向太空远征
西风瘦马，重踏散沙般的荒漠
古道上，谁怜悯跋涉的苦驼

今夜，在一片忘情的狂欢里
劲曲圆舞，甩丢了星空的群落
甩丢了，黑板上擦飞的粉末

那粉末，涂满昨夜的泪痕
风采依旧，折射出夕阳的热灼
开始了又一轮炼狱的打磨

夜幕里，擦拭着浩瀚的天空
写下繁星，在我心中闪烁
明天，还会升起火红的魂魄

纵有昏鸦鼓噪，也挡不住
天涯处，那涅槃重生的浴火
三尺讲台，像大海，潮起潮落……

绝恋，魂归山川

他带着千山，拥她为岸
她带着万水，偎他成澜
在假扮夫妻的日日夜夜里
爱的烈火早已在激流中点燃

她真想把爱河放纵为大海
躺卧成拥抱伟岸的港湾
他真想把情怀敞开为空谷
接纳她拍岸狂吻的浪巅

然而，那来自山河的儿女
暗夜里，牢记使命在肩

春天里，她浇种南国红豆
燎原夏夜星火般的赤焰
秋日里，他采来苍山枫叶
唤醒来年火炬般的杜鹃

她病了，他为她端茶送药
他累了，她帮他把蚊虫驱赶

当大山被囚禁在狭窄的地狱
惊涛拍岸，誓把牢底冲翻

当大海被蒸发成缥缈的云雾
爱意缠绵，携手飞向蓝天

她是一股山泉，为峰崖清创
更像绷带，贴附他的胸前
他是一座灯塔，为舰船领航
更像桅杆，挺立她的舟舷

他曾在书山里眺望大海
她曾在学海里仰慕高山
书山学海，铸就华夏文明
红色基因，传承炎黄血缘

就这样，他和她风雨同舟
征途上，经历万水千山
她用浪涛，冲开突围的隘口
他用峭壁，筑牢抗争的雄关
他和她，用坚强的意志和毅力
恪守礼教对儿女情长的束栓

直到慷慨赴死的黎明前夜
一帧合照，浓缩万里河山
她的青春啊，已注入江河
他的体魄啊，已高耸云端

他在呐喊，把枷锁摆作舟桨
她在高歌，把镣铐扬作风帆

他们要砸碎旧世界的锁链
斩断束缚祖国航船的绳缆

一路上，他和她步履蹒跚
大街上似在移动巍峨的峰峦
那被镣铐羁绊着的山河啊
能否踏上百年好合的红毯

黄花岗上，一场特殊的婚礼
在屠杀的枪声中红旗漫卷

她像一朵落霞，染红大海
他像一块峭岩，俯挽狂澜
他和她，一起倒在了血泊里
仿佛化身为浴火重生的涅槃

两腔热血，在这里融合
孕育儿女们，穿过暗流险滩

啊！这是一段最美的绝恋
忠贞不渝，打下红色江山
雕像里，那一尊恩爱拥偎
凝聚千古真情，已魂归山川

雪地上，那一片落叶

——在林海雪原聆听"将军弃子"的悲壮故事

一位将军，踏着没膝的积雪
怀里的哭声，已经声嘶力竭
襁褓里，那伸向枝头的小手
仍想再摸一下母亲垂泪的笑靥

东北沦陷后，那悲壮的分娩
突围时，她把脐带盘结在腿腋
队伍，在白雪皑皑中挺进
她却顺着大腿流下殷红的鲜血

像从枝头上滴洒的泪水啊
在破碎的山河里哭别丢弃的落叶
那用松皮熬汤哺育的孩子啊
未曾品尝过乳汁或奶粉的甘冽

为了让抗联英雄们摆脱追捕
婴儿用哭声，歌唱这伟大的永诀
母亲的血，在啼哭中流淌
父亲的心，在歌声里碎裂

亦如当时被践踏的山河啊
在滴血的屠刀下被残忍地分切
回望身后那连绵起伏的群山
山头上时有卑躬屈膝的残月

不抵抗政策软化了一片片绿林
将士们仰天长啸，空叹军人悲切
将军啊，孤军作战，无助而无奈
山河破碎，殃及一枝一叶

雪地里，那顶天立地的脊梁
不惜让自身的嫩芽在风云中凋曳
当他把孩子安放在山坳里
泪水，在落叶上融入纷飞的飘雪

也许，这是一次冰冷的雪藏
为了迎来春暖花开的时节
待到沦陷的山河从铁蹄下收复
红色的旗帜飘扬着父母亲的热血

那片落叶，抖动着浑身的洁白
用生命把人间大爱庄严地谱写
一曲悲歌，挣脱血染的脐带
用婴儿的哭声唱响民族的气节

那哭声，仍在林海雪原上回荡
牵挂着母爱，揪疼同胞们的心结

啊！追随着当年那行脚印
踏着山坳里同样没膝的积雪
落叶上，那化作岩石的筋脉啊
浸透着，红色基因的英雄铁血

小萝卜头的故事（组诗）

——写在"一门三烈"红色雕像前

母 亲

一个伟大的爱人
占据她全部的身心
相夫教子，追随着
力主抗战的将军

华清池后山的岩缝
夹住了逃遁的惊魂
那石壁，至今残留着
子夜兵谏的弹痕

岩洞里，狭隘的心胸
被揪抓得越发收紧
夜空里，那半壁江山
调集着复仇的阴云

数千里，山水迢迢
羁押着舍身兵谏的功臣
株连了千万家无辜
遮蔽了耀眼的星辰

夺走了母亲心目中

那忠贞不渝的爱神

她带着刚满周岁的孩子
暗夜里，寻找亲人
从此，步入铁窗生涯
留一路血染的天伦

童 年

刚满周岁的幼童
常含着奶头入梦
正因为离不开妈妈
才带着他走向魔宫

他只是一根幼草
不懂得拱破坚冰
他只是一片雏羽
也无力扇动疾风

那恶魔，依然摧残
嫩芽般瘦弱的人生
用阴霾羁锁太阳
用黑暗关押晴空

窗外，飞翔的蝴蝶
留下他向往的身影
他在饥饿中挣扎

他在寒冷中冻醒

母亲们织绣的红旗
抚慰他期盼黎明
仿佛在遥远的地方
已响起隆隆的炮声

我的大学

他蜗居囚笼里，苦读寒窗
磨砺着冲出樊篱的翅膀
那戴着镣铐的教授和讲师
是从峰峦中崛起的山岗

草纸里书写父辈的囚歌
尘埃上抄记母亲的诗行
他的灵魂在烈火中永生
面对刺刀挺起高傲的胸膛

为人进出的门，紧锁着
宁愿紧锁，也把头颅高昂
为狗爬出的洞，敞开着
拒绝敞开，直到走向死亡

多少个夜晚，狱中无眠
他扑打角落里叮咬的蟑螂
多少次饭后，饥饿难耐

他梦遇蚂蚁们把丢米珍藏

一群麻雀，从窗前飞过
他的心，和小鸟一起翱翔
蓝天，也许比铁窗辽阔
驾一颗童心，飞向远方

他要摧毁这黑暗的地狱
飞向天安门升起的朝阳
阳光下，那一面五星红旗
在共和国上空迎风飘扬

广场上，那英雄纪念碑
铭刻着他铁窗苦读的辉煌

霜叶里，有红，有黄……

昨夜里，下一场厚厚的苦霜
给山野换一身浓浓的秋装

紫金山，青绿色的翡翠链
被霜叶蒙一层淡淡的忧伤
云缝里，来自远天的航拍图
透视出历史"烟雨"的苍茫

烟里有阿房宫焚烧的迷雾
雨里有华清池奶浴的乳香

吊坠下，那雪白粉嫩的肌肤
陪衬着总统府变种的帝王
一行行蜿蜒萦绕的梧桐树
勾肩搭背，环抱枝叶的枯黄

围追着瑞金城外的挖井人
在饮水思源中，远走他乡
爱晚亭下，无意坐爱枫林
橘子洲头，有心泪掬沧浪

舀一杯血水，"鹰击长空"
狂澜里，把稳红船的航向

采一把霜叶，"鱼翔浅底"
征途上，弹奏赤水的乐章

苦旅中，撒下家乡的红叶
每一个脚印，都有热血流淌

叶脉里，炎黄子孙的基因
散发出"万山红遍"的霞光
当骄阳在远方宁静地陨落
漫山红枫，倾诉儿女情长

却从不艳羡，让舶来的法梧
盘踞在心上人圣洁的胸膛

梦里，"进京赶考"的旗帜
像红叶，在天安门迎风飘扬
吊坠宫，那一串狭窄的勾线
奢靡之气，似在考场荡漾

真担心，考卷里能否"满分"
因为，窗外霜叶，有红，有黄……

铁血，在流淌 （外一首）

铁血意志，铸就铁的肩膀
胸腔里，英雄的热血在流淌
那军徽，嚎叫着狼牙般的疯狂

一声撤退，为保存实力
丢弃了昨夜死守的山岗
丢弃了布满弹痕的残壁
还有战壕里仍在流血的创伤

留下被长官"沦陷"的失地
笼罩着，亡国灭种的恐慌
死人堆里，爬出一声叹息
叹息着"屡战屡退"的仓皇

别忘了，每一次两军交火
阵前敌后，都是长城的故乡
都是淹没日本强盗的汪洋

有人高歌，"到敌人后方去"
满腔铁血，该向人心流淌

黄河，在咆哮

风吼，马叫，黄河在咆哮
大地上，汇聚成抗战的海啸

华北平原，破袭铁路桥梁
太行山口，据守雄关漫道
一个个不拿军饷的"百团"
在八路的旗帜下龙腾虎跃

夜幕下，穿行着敌后武工队
封锁线，击灭了炮楼的灯照
山那边埋下土造的地雷
据点里挖通偷袭的地道

这是人民战争的汪洋大海
涌动着，把侵略者吞掉
无奈，花园口倾泻的大水
淹没了"汪洋大海"的心跳

黄河发怒了，加倍地咆哮
掀起一场翻天覆地的海啸

从他处，来看斯门

从他处赶来，披一身风尘
千里迢迢，只为拜见斯门
无奈，正值周初闭馆
徘徊着俯视江浪的雄浑

身后，郁郁苍苍的老榕树
枝干分权，各呈不同的年轮
萌发时，独立而茁壮
血液里注入赤色的热忱

大地上，力拔阔野的根系
滋养着顶天立地的腰身
蓝天下，八面来风的吹拂
扭曲了固有的栋梁之根

分权处，一枝在迎接日出
另一枝，却在遮蔽凌晨
他处，燎原着星星之火
斯门，盛行着兄弟血拼

南京城，凄厉的枪声
暗杀了为革命操劳的忠魂
上海滩，带血的屠刀
砍向人间，染透满江沉沦

几度杀戮，那血色的道别
枝叶间透出苍穹的裂痕

战场上，两眼冒火的对视
兵戈相击，亦如藤蔓缠身
难解难分时，志向何去
老榕树，陷入久远的深沉

谁向地气里伸展枝蔓
坚持和老百姓血肉同根
谁才能在脚踏实地中
屹立不倒，扭转历史的乾坤

枝干上，那攀附权贵的乱藤
树冠里，钻营着绿叶逢春
一缕缕上下悬吊的垂须
勾画出未老先衰的皱纹

斯门里，辞别一批批志士
在他处，历练成铁打的军神
驰骋在星火燎原的战场
唤醒了昏睡百年的红尘

共和国的将帅们，都成了
历史天空中耀眼的星辰

门里门外，不为升官发财

此处他处，都是炎黄子孙
举红旗，铁血将帅听令
为家国，无数英雄献身

当孟良崮战役传来捷报
那里，击毙了迂腐的罪臣
老榕树沉默了，成王败寇
该如何评价这冷清的斯门

人民战争补习的教程
磨砺出将帅们闪光的军魂

仰望着眼前的老榕树
遥想西柏坡锋利的松针
进京前，那一番赶考的论断
真正践行着门前的楹文

海峡内，那溃逃的舰船
承载着贪生怕死的惊魂
掠走了大量的玉钵金盆

啊！今天，从他处来看斯门
斯门紧闭，唯听涛声低沉
老榕树，那一脸沧桑
见证着根权上各自的年轮

七

正步天涯

红色的云朵

我穿上藏青色的律师袍
胸前飘一片红色的云朵
如同，从茫茫的夜幕里
走来一队长途跋涉的炬火
映照着老百姓窗前的灯光
引领着草根们梦中的求索

回眸千古长夜，那讼师
在刀笔犀利时备受折磨
我的鼻祖，像一颗彗星
被午夜的流光无情砍落
地平线上，那殷红的晨曦
领口前浸透斩杀的血色

历经百年拂晓，那斗士
在伸张正义时屡遭轻薄
我的前辈，像一把利剑
闪射出刺向黑暗的光泽
罢工潮里，那激昂的雄辩
断剑般跌落胸前的血泊

再看当代抗争，那阵容
在推进法治时偶遇冷落

我的同仁，像一轮旭日
抱成团点旺追梦的烈火
黎明前夜，那燃烧的血泪
朝霞般映红大海的壮阔

当征袍敞开血染的情怀
我的心，风浪里浴海喷薄
仰望蓝天上高悬的国徽
红缨下集结成铁马金戈
我的论战，像绵延的海岸
激荡着律师袍宽容的轮廓

啊！我爱胸前红色的云朵
昨夜灯光，仍在心中闪烁

无私的捐赠 （外二首）

——读《一位律师党员的特殊党费》有感

是谁捐赠自己的头颅

化作重重九霄茫茫云空

是谁捐赠自己的身躯

化作滔滔江河巍巍山峰

是谁捐赠自己的足迹

化作迢迢阡陌悠悠田垄

从此，感动了天下母亲

把儿女捐赠给芸芸众生

星星捐赠出一丝微光

聚集着把黑夜照得透明

小草捐赠出一滴清露

用汗水把春色染得更浓

岩石捐赠出一段脊骨

烽火中筑起血肉长城

危难时，那捐赠的乳汁

把落日哺喂成又一轮通红

当晨曦托起如火的朝阳

新的捐赠分解出七色彩虹

一朵浪花回赠一汪波澜

从此，你的骨肉将会化作流帆
在陌然相拥的人海中踏浪而归
往时代的航船上注入阵阵动力

身为律师，你是这样恪守逻辑
用剖析的方法，推论人生的哲理
把母亲的归纳作一次精彩的演绎

身为党员，你是这样坚守信念
用分解的方法，完全奉献出自己
把崇高的理想践行为无私的赠予

啊！你交纳的是一份特殊党费
犹如一声响彻云霄的呼吁
呼唤着公正、美德、人性和良心

我是一股风

有人说，我是一股风
是一股见缝就钻的风

小时候，我常在村口遥望
远处是天地合围的夹层
夹层里，那灰色的弧状
蒙住我充满梦幻的憧憬

我真想化作疾飞的气流
做一次突破夹缝的远行

我飞到云缝里，辨别正负
缓解那强烈冲撞的雷霆
我飞到浪隙里，澄清泾渭
疏导那狂放不羁的潮涌

天遂人愿，我走上辩护席
呼啸着吹拂治世的升平
我要把自己透明的身心
融进新时代和谐的清风

我的形体，穿行于田间
为草根开辟萌发的晴空

我的身影，游走于街头
为市井抚慰嬗变的阵痛

昼夜间，我不停地奔波
虽留足迹，却难觅行踪

卷宗内，我破解疑虑
决意在漏洞里寻找透明
法庭上，我论证曲直
竭力在封锁中随处钻孔

啊！我承认，我是一股风
屡遭堵截，却阵阵有声

我是一块砼

桌上，摆放着厚厚的卷宗
窗外，矗立着高高的楼层
高楼厚卷，山一样凝重

自从我当上一名律师
使命感，在心中油然而生
我已把自己磨砺成沙石
垒进对中华复兴的忠诚

一座座高楼拔地而起
如大树参天，托举晴空
一份份辩词呼唤真理
似惊涛拍岸，据理抗争

楼上，我只是区区几桶泥
框架里筑牢崛起的巨龙
卷内，我只是寥寥几句话
夹缝里构建正义的永恒

我将躯体，深埋于缝隙
在梁柱的沙眼处舍身填充
我用话语，跻身于行间
在论证的悬虚处鼎力支撑

也许，我担心被压扁挤碎
所以才从颗粒状凝固成形
也许，有人对我不屑一顾
所以才甘愿被楼墙尘封

我承认，我是一块小小的砼
倍受挤压，却依然铸魂成峰

律师的口杯

装进无数个太阳
在这里一起发光
照耀厚厚的书卷
光合着人间万象

理性，随晚茶潜游
思绪，驾晨雾飞翔
寒冬里，掬一捧温馨
盛夏时，呷一口清凉

让心灵不再干渴
把春绿润成秋黄
淀化着纷乱的浮云
澄清得浑身透亮

卷面上，熠熠光线
注视着正与邪的较量
鬓霜里，丝丝白发
微露出思和辩的锋芒

那走向法庭的身影
挺起了正直的脊梁
饮下如火的激情
燃沸了，滔滔篇章

律师的行囊

裁下蓝天的空旷
裹上大地的坦荡
敞开海一样的情怀
把百川，装进行囊

引领着日月同行
乘驾着风云奔忙

放飞论辩的激流
弹奏出正义的乐章
在深深的漩涡里
生命，催浪花绽放

彩虹，在雾里腾跃
年华，随惊涛流淌

那一点一滴的裂溅
映照千万颗太阳
那一涌一撞的轰鸣
唤醒无数次迷惘

浑噩中，淘尽泥沙
倒影里，托举星光

这，就是我的大海
奔波一生的行囊
在行色匆匆的黎明
望对岸，山高水长

律师夜行曲

外出办案，来去匆匆
车窗外卷起呼啸的风
我的梦，常在夜空穿行

我用黑夜为白昼淬火
把狂热冷却得刀角分明
我用繁星向黄昏回射
矫正被斜阳扭曲的身影

我要唤醒千万家灯火
还有灯火旁窜飞的流萤
我要带上千万朵白云
还有白云间缺月的隐情

漫漫静夜里，我在颠簸
重重关山里，我在驰骋

我像一道奔突的火
在光的背阴处化烬而明
我像一把凌厉的剑
在夜的鞘套里浴火而锋

我的心，常在夜空燃烧

炼狱里承受炉火熊熊
当黎明冲出长夜的隘口
血和汗洒向远去的晨星

旅途归来，步履轻轻
朝霞里升起绚丽的虹
我的梦，早已熔进晴空

把你比作雨

——献给全国律师同仁们

你常在风云中穿行
论光亮比不上星星

虽然在水雾朦胧里
曾托起一弯彩虹
虽然在雷电碰撞时
曾发出一阵轰鸣
你毕竟只是一滴水
滋润一株株小草
呵护它由枯变青

你在云团里忙碌
瞌睡时还瞪大眼睛
你在雾障里探索
坠落时留一丝透明
尽管天上你没有星座
决意渗透生活的底层
大地却珍爱你的晶莹

你集结群体的力量
去催发无数个生命
你拨亮每一片绿叶
去点燃春天的黎明

在冥冥大千世界里
你总是带给人清醒
激活世上枯萎的魂灵

当细雨化作燃烧的晨露
昨夜星辰，已悄然凋零

论辩，在法庭

几张桌椅，摆开阵容
斗室里忽闻沙场的风
我的心，踏着铁蹄嘶鸣

我用唇枪把舌箭挑落
狂奔着穷追滴血的伤痛
我用去语把来言戳破
疾驰着偷窥洞穿的创孔

我昂起头颅瞭向窗外
人立着，跃起骏马凌空
像一尊扬鬃长啸的雕塑
幻想成无敌之辩的枭雄

一声法槌，怦然落下
鞭打着横冲直撞的神经
一轮国徽，至高无上
指挥着循规蹈矩的言行

从此，我不再信马由缰
任笼嚼勒紧口舌之能
在这里，切记言而有据
才能抓牢论战的准绳

离开桌椅，走向郊外
金戈铁马，已无影无踪
疆场上早被践踏的草根
阳光下萌出芳草青青

小河里或许潜有冷潮
白云间也曾夹裹热风
尖酸刻薄，绝不是战斗
言出法随，才彰显公平

旷野上，感悟天地人和
我的心，乘驾鞍马驰骋
颠簸着再赴那间斗室
激辩着追求日月共明

当月牙修来又一轮圆满
星繁月皓，洒一片安宁
当夕阳化作又一轮旭日
天蓝地阔，呈一片恢宏

云开雾散，策马归程
田园里回味铿锵之声
我的心，仍在沙场奔腾

我是骆驼草

——网传律师版《沙漠骆驼》歌词阅后随笔

溶入人海，迎送春水秋波
把自己忙活成飞转的陀螺
偶然间，回归宁静的港湾
梦里，仍在抽打心绪的旋涡

地铁公交，像一条条法规
在各自的忙碌中时伸时缩
案卷背包，像一堆堆石头
在人海里激起弹性的浪波

滔滔论辩，多如石沉大海
悠悠苦旅，何时不被冷落

你曾在东渡大海的沿岸
把沉没的太阳一次次烘托
你曾在西出阳关的山口
把漫漫长路苦苦地求索

从此，精卫鸟长出的驼峰
飞翔着留下波纹般的沙坡
浪涛里，那可长可短的曲线
圈点出忽深忽浅的脚窝

每场诉讼，都是艰难的长跑
间隙中，更显出沙粒的胶着
它把它，拽进践踏的底层
又一起牵绊着苦行者的脚脖

你的血汗，在一盘散沙里
无法绽放出惊涛骇浪的花朵
甚至，在不断淤埋的烫热里
会把你的血液无情地烧灼

那一遍遍重复适用的程序
像教条，掩盖着汗脚的龌龊
那一颗颗貌合神离的沙粒
在死寂的荒漠上很难复活

即便有一天扬起沙尘暴
也不过弥漫着黑色的浑浊
所以，期待你跋涉的苦旅
从落日的余晖里驮来清波

据说，在太阳远去的方向
浪与浪，总是把手紧握
彼此，汇集在无缝对接里
才能掀起摇海拍岸的大波

当驼峰化作一叶叶舟楫
千帆竞发，驶出心海的荒漠

回头再看被尘封的足迹
隐藏着能量内耗的蹉跎
青葱岁月，有多少朝朝暮暮
人海里，留下空转的消磨

虽然，它仍在埋没你的步伐
但洒驼铃，朝着远方传播
沙海里，风在蹄花上热吻
血泪中，吻出带刺的云朵

啊！我是大漠上的骆驼草
瀚海里，补给着远航的船舶
血浓于水，托起你的航线
夕阳下，正驶向旭日的喷薄

律师会见组诗（四首）

崭新的图画

走近审讯室冰冷的铁栅
阳光明媚，驱散往日的肃杀
在这古老而生硬的格局上
构思一幅崭新的图画

明月，把松间宿鸟照醒
清泉，把石上污垢冲刷
酷吏的刑鞭，已被尘封
描几根青藤，峭壁上悬挂
沉重的枷锁，已被取缔
勾几缕光线，聚焦成灯塔

几只喜鹊在峰巅上闹梅
指点着迷路人悬崖勒马
跨过浪子回头的小桥
回到久盼归来的人家
那曾经紧锁镣铐的角落
绘成绿荫，硕果挂满枝杈

一行脚步，从监室走来
走向窗外，走向新的年华

滴落的年华

柳叶下，雨打春愁
秋水中，落花飘柔
那明晃晃的手铐
铐住了纤纤玉手

她何不握笔，书山里
攀登更高的山头
她何不捧读，学海里
超越竞飞的群鸥

却为何像一条游蛇
泥沼里，偷偷乱游
又为何像一具幽灵
阴暗处，悄悄伸手

尽管她伸手被捉
青春驿站成了女囚
面壁思过，感悟的
岂止是久违的温柔

是谁，把这双玉手
扭曲成贪婪的长钩
指缝间，滴落的年华
洗不尽人间的愧羞

我这把钥匙

心里话，尽管对我说
我这把钥匙，专开锈锁
我知道，你心中的簧
哪根太强，哪根太弱

是那发绿的铜臭
堵塞你生命的脉络
是那贪婪的死结
缠绕在痈疽的心窝

陷进去，难以自拔
所以才把心门紧锁
那积重难返的污垢
会累加你的罪恶

其实，你仍会发亮
但需经历心灵的打磨
诚心向法律悔罪吧
别侥幸，将罪责逃脱

做一次对良心的拷问
清除灵魂中的龌龊
让每一根簧，强弱适度
弹奏得如诗如歌

223

高墙内，你我会见时
窗外，光阴似梭

流泪的云彩

有一片流泪的云彩
在高墙的门前徘徊
淋湿我背负的行囊
浸透她对我的信赖

我走进冰冷的铁窗
劝导他诚心悔改
用法律特有的刚毅
传递她温馨的母爱

他眯着蒙眬的眼神
望着我，久久发呆
记忆中，母亲的泪痕
在生日烛光里摇摆

临行前，细雨密密缝
缝进对他的期待
小溪旁，泉水依依别
目送他融入人海

他本该是云，化作雨

催生命之花盛开
在青山绿水之间
牵一缕报恩的情怀

他本该是雨，汇成浪
把灵魂之舟承载
在蓝天碧海之间
飘一朵淡然的洁白

然而，他却沉沦了
在倒影里播种阴霾
那片白云，啜泣着
泪洒千里，在风中碎裂

我用心唤醒他的迷惘
回眸凝视明媚的窗外
扑向她凄美的柔情
冲洗他心中的尘埃

国徽下，心弦紧绷

——一位律师轻轻抚摸法院大门两旁巨石雕刻的雄狮

红旗，飘在晴空
国徽，挂在正庭
你盘踞在高高的台阶上
俨若君临天下
似在稳坐王宫

尽管，你没有张牙舞爪
我却感觉你，很凶
在等级森严的台阶下
你通过安检门把我紧盯

很可惜，你永远不懂
我的包内，装着同样的卷宗
当心中的话语倾囊而出
可鉴我心，也崇尚天平

倒是你，那一脸蛮横
点缀着山寨版虚张的威猛

好在屏风上镌刻的大字
是大院内外共同的心声
全心全意为人民服务
像一缕朝霞飘扬在晴空

迎着太阳，我走进大院
看不惯你那狂傲的神情
在随我而来的人流中
几朵浪花，仍胆战心惊

虽然，你情同僵尸
却依然炫耀王者的遗风
附耳倾听你的内心
亦如泥胎，死一样空冥

红旗下，你在收敛着野性
国徽下，我却把心弦紧绷

飞向蓝天的白鸽

从战场带回一堆弹壳
硝烟散尽，却依然发热

我时常把它们撒在桌面
一遍遍演练着军人的组合
盘绕书案，矗立成排
像长城守望大山的巍峨

当年的阵地就在眼前
呐喊着冲破峡谷的阻隔
他用生命把军旗高举
我用扫射把敌阵攻克

烽烟里，他抱定旗帜
让悲壮融入永恒的片刻
身下，那汩汩流淌的血液
宛如一首鲜红的战歌

撤离时，我背起他的遗体
捡拾着泪一般洒落的弹壳

后来，我成了一名律师
脑海里轮回着枪栓的磨合

重复着，一阵阵进飞
进出我刚正不阿的品格

忧虑中，我瞄向书山顶端
用弹壳支撑天平的骨骼
肩挑日月，伸张正义
清风里播下阳光的祥和

从此，桌面上那一列兵魂
打造成飞向蓝天的白鸽

也许，它们还在发热
羽毛下握紧搏斗的干戈
在硝烟散尽的日子里
鸽哨悠扬，冲破前路的坎坷

八

踏浪海角

瞭望大海

我站在崖畔远眺海面
穿越时空射一道闪电

把田园篝火射向朝霞
点燃太阳升腾的火焰
把沧海之粟射向曙光
绽放金穗成熟的芒线

生命之源从这里登陆
有巢氏窝棚像漂泊船舰
生活之泉从这里入海
燧人氏星火像浪花飞溅

海的女儿总渴望突围
用拳头亲吻大山的肌腱
海蚀洞宛如进攻的弹痕
亲吻着吞下剥落的沉淀

大地之子总图谋占领
用胸脯拥抱大海的娇艳
烟囱林恰似侵掠的军阵
拥抱着击退惊涛的狂恋

昔日的海滩拓展为都市
楼群深处挤走一群海燕
我的心，也张开了翅膀
飞翔着一只哀鸿的离怨

碧海绿地渐渐地缩小
远天近野传来声声哽咽
哭醒失去家园的小鸟
泪如海啸在岩浆里熔炼

我感悟沧桑的爱恨情仇
和谐中期待科学的巨变

聆听大海

我曾在襁褓里潜心聆听
遥远的大海，传来涛声

涛声里时有母亲的呻吟
喘息着剪彩新船的出征
涛声里时有婴儿的啼哭
像号角奏响动荡的人生

一叶小舟，被眠曲围困
搁浅在岸边低矮的窝棚
一堵高墙，把胡笛阻隔
封锁在关内狭小的孤城

守土之王在城头作威
与海天争唱豪放的大风
大风却在帆翼下飞翔
留下王权，在宫里驾崩

禁海之举在岸上作茧
用锚钩牵绊自缚的缆绳
大海常在忧愤中怒吼
留下思索，在浪里翻腾

海上渔歌，为鸥燕传唱
梦里波澜，已旷世奔涌
日月星的流光，跨海耳语
云雨电的撞音，隔岸互鸣

当无形冲破有形的疆界
昨夜分娩，哼出几声阵痛
当桅灯初照瀚海的狂歌
大风古韵，席卷惊涛险峰

我的心，挣脱捆扎的束带
和远航的人们，一同出征

拥抱大海

我驾驭古道飞扬的征尘
到岸边领略大海的清纯

夕浪如潮，乘烟雾撤退
撤退着卷走西域的黄昏
残阳如血，伴烽火燃烧
燃烧着点亮东方的凌晨

晨曦下，几度日月沉浮
用炮击夯实定海的神针
海床上，几度风云进退
用弹坑埋葬偷袭的波纹

涛之魂承载舟船的凝重
岛之梦托起沧浪的雄浑
一片汪洋，藏万重山脉
蛰居着，锚定瀚海之根

波浪起伏，平衡潮汐落差
潜礁隐现，方显定力沉稳
虽不见当年疯狂地登陆
口岸上时有诡秘的飞吻

大漠落日，从海上复出
升腾着诱捕贪婪的鲸吞
古道征尘，向远方挺进
奔驰着解救孤帆的沉沦

顺流而下，屹立在潮头
新的海战，打得儒雅斯文
这是一场浪与浪的鏖战
没有硝烟，只有无限渊深

我拥抱看似清纯的大海
搏击着如入呼啸的丛林

我在海上垂钓

狂风，不要呼号
惊涛，不要喧嚣
甩出一丝长钩
沉住气，我在垂钓

从前，在渭水垂钓
钓得江河咆哮
引领百川归海
汇成烟波浩渺

昔日，在大江垂钓
钓得山呼海啸
龙在汪洋泛舟
云在海空飞峭

为防范海中乌贼
所以才昼夜巡眺
为猎捕浪里鲸吞
所以才凝神垂钓

乘碧空伸长鱼竿
借弯月钩住饵料
平心静气，钓台稳坐
切不可躁动浮漂

天涯处，谁来咬钩
白日举幡，向鬼凭吊

原来是昨暮凶魂
又在子夜狞笑
它要爬出水域
将满天星辰吞掉

我愿拯救繁星
寻回离散的群礁
钓鱼岛，坚冰寒雪
蓑翁，仍在垂钓

海燕，悄悄穿飞
滩鸥，轻轻鸣叫
我，静放长线入海
亦如利剑出鞘

钓取那片落日
甩出脆裂的地壳
用滔光，把它折服
湮灭，满腔火药

啊！今日海上垂钓
任波澜，随风狂啸
泰然处，我钩丝如发
牵动大海的心跳

归来吧！远航的船（外二首）

山河崛起，筑一道伟岸
风云变幻，卷一片狂澜
眼前停泊着一叶孤舟
烟雨浩渺处，颠簸摇撼

也许，是古人踏浪远航
留给大海永恒的眷恋
从此，依偎在母亲膝下
连接起通往远洋的驿站

也许，是今人游兴未尽
任豪情追逐动荡的海面
从此，徘徊在家门之外
不思回归阔别的田园

两岸共识注入春天的气息
抚今追昔再举和谐的风帆
遍游世界，唯求华夏崛起
惊涛里，思念故乡的海岸

归来吧，远航的船
这里锚定炎黄的根蔓
港湾里，从岸到海
响彻中华统一的呼唤

蓬莱合海亭

拾级而上，登临合海亭
山顶处，呼啸一阵大风
是海内合力，发出的回声

恰逢涨潮，云和水交融
丹崖畔，松舞召唤鸥鸣
欢呼着，将排排归浪远迎

云在飞渡，摇曳着花簇
水在奔突，宣泄着激情
一起涌向合海的晨钟

离乡的难民，溃败的游勇
古时候寻找长生药的仙童
不计离愁别恨，也不计怨情

归来吧，乘借跨海的长风
始祖陵前，彼此同根同种
炎黄子孙，共铸盛世永恒

试剑石

来自山河的孕化
经历风吹雨打
岸崖旁，一位母亲
怀抱几缕牵挂
当年试剑的巨石

被劈成两股枝杈
本是萁豆同根
何苦？相互厮杀

那力断磐石的气概
却未必风流潇洒
长河吟狭隘的音域
唱不出瀚海的旷达
赤壁战惨烈的火光
烘烤着流泪的山崖

双剑合璧的顶端
依然在迸溅火花
妥协时，几度和谈
较量时，几度征伐
分进合击的战阵
已回归统一的中华

利剑，再次出鞘
国力，更趋勃发
治国安邦的雄心
扎根海角天涯

那化作岩石的母训
号令千军万马
巨石下，挥江东进
涛声里，万舰齐发

我随大江东去

—— 三国名将赵子龙穿越时空的情书(一)

听说你提起我就怦然心动
粉脸涨红，一直红到脖颈
红透了当年的妙龄女郎
也红透了花甲柔妇的面容

后来，你心跳得更加剧烈
微笑着，当上对岸的总统

据说你的胸怀比大海宽柔
能融化倒影里绵延的山峰
所以，我害怕坠入情海
会泡昏西蜀侍将的机警

身为布衣，是否和我结义
都不会攀附桃园的花红
即便势孤力单，人微言轻
我的绿叶，只为装点春浓

也不枉千年之后的半岛上
高丽佳人对我人格的尊崇

长坂坡，岂止是保护幼主
我只当是解救妇孺儿童

出生入死，旨在定国安邦
借东风，煽起赤壁的火攻

东吴招亲，我三呈锦囊，
借荆州，拯救离乱的苍生
西领巴蜀，我首出祁山
率雄兵，布下缜密的围城

正因为当年有我护驾
周郎的阴谋才未能得逞

如今，那伴我一生的白马
落日下化作长眠的青冢
草根处，驰骋千古的英魂
在祖国山河里气贯长虹

长虹下，穿越时空的暗恋
横跨海峡，对你情有独钟
梦里，我为你贴身侍卫
谨防父辈被行刺的血腥

多少个夜晚，我默立海岸
遥望你日理万机的窗灯

离任前，转告你的主子们
我的马刚换上崭新的蹄钉
西海岸大陆官场的逆淘汰

淘不尽，我这铁骨铮铮

明天，我又要披挂戎装
开赴大海，迎战超级台风

我要用热血浸染的征袍
裹护着你对我风情万种
我要用生命捍卫着海疆
连接起你对我千年苦等

啊！在水一方，秋波含情
我随大江东去，邀你同行
彼此，相聚在茫茫大海上
庄严宣告，你我同根共生

纵使"萨德"拦截，拦不住
我和你的孤帆，紧紧相拥……

我向大海宣战

——三国名将赵子龙穿越时空的情书（二）

听说你近年来成了囚犯
为昔日的辉煌蒙一层遗憾
挫败了千金处女的芳心
憔悴的面容布满了灰暗

你的遭遇，勾起我锥心之痛
曾几度，登上守望的崖畔

据说，你仍在牢房里蜗居
手脚上拖着沉重的锁链
所以，我真想踏浪劫狱
重演长坂坡惨烈的血战

英雄救美，不是我的长项
舍身为民，才是我的夙愿
倘若，我把你救出深渊
你是否拥偎我渤海湾的伟岸

当我像精卫鸟把你衔起
填海处，激起又一场水漫

手牵手同赴海底的炼狱
涅槃重生，真心为天地守善

岩浆里，熔进你的爱意
岛礁下，延伸我的根蔓

繁衍出一群黄皮肤的山脉
众志成城，把一切恶浪阻断
赤壁处，我心仍在燃烧
回报你满腔滚沸的浩瀚

正因为当年我襟怀天下
才不受争霸者权势的羁绊
投奔明主，旨在救国救民
沙场上，驰骋着铁打的硬汉

征战中，我用机警和睿智
赢得了国人们千古赞叹

如今，当阳桥一声断喝
喝不退滚滚海潮的泛滥
即便是千里走单骑的义士
也挣不脱麦城外险恶的暗算

我憎恶世代相传的等级制
不欣赏短视者复仇时的傲慢

身后，共和国钢铁军队
是由鹰胆与鸽魂，合金铸锻
我劝你，随同我加入其中

挣脱傀儡，你会花开烂漫

开国领袖曾断言：你的主子
都是纸老虎，一戳就烂

若不信，且看远洋深处
有航母领队，我向大海宣战
铠甲粼粼，闪射光的热灼
箭矢嗖嗖，喷出火的弥漫

我用金戈铁马，向浪峰冲刺
你用柔情似水，把旋涡摇撼
啊！你我相聚在狂澜里
海的女儿，嫁与龙裔为伴

纵使"萨德"拦截，拦不住
我唤你的浪花，苦海归岸……

奔腾的蹄声

——从一年一度的春运人潮想到的

远处，传来奔腾的蹄声
听起来是那样稳健迅猛
席卷着，穿越山水云空

这是中华复兴梦的脚步
辗转千里，向都市奔涌

既不是古战场围城叫关
也不是举义旗誓死强攻
而是一场城和乡的客串
更是一次农工商的融通

回首每一个战乱的年份
鞍桥上，沾满血雨腥风

西风瘦马，沿古道渐进
啃食沃原上摇曳的花缨
老马识途，乘夜幕疾奔
踏碎山河间晃动的月影

是谁，边塞上横刀立马
是谁，关月下戎马倥偬

多少代，效法胡服骑射
射落了无数启明的晨星
多少人，仰慕铁马金戈
割断了无数鲜活的生灵

长啸时，那仰天的豪迈
昆仑虽大，却任其先登

鞍马戎装，裹不住苍茫
捉襟见肘处，徒有孤峰
战阵铁蹄，踏不尽辽阔
补天无石处，强作支撑

甲午海战，任舰船追逐
岸上，空遛悍马的驰骋

已不是当年的抢关夺隘
再不用背负着战神出征
马厩里，即便饱食夜草
甲胄前，奈何天马行空

一幕幕独往独来的拼杀
成就一个个骁勇的愚忠

四蹄交错，趁拂晓奔袭
却很难追赶射线的行踪
跃马扬鞭，向天涯突围

却很难躲避弹道的俯冲

远程的炮火，网上炸裂
信息的长波，海上交锋

如今，束勒在首的笼嚼
连接起驯服野性的缰绳
牵一发，带动千山万水
一草一木都让江山心疼

当乡村跨上亮丽的都市
立马扬鬃，驾飞天巨龙

祖国啊，本是一匹骏马
亿万双脚步，化作蹄声
化作潮水般追梦的奔腾

踏浪，在海角

有诗曰：心潮逐浪高
更向往，踏浪，在海角

山海间，茫茫九派
冲击着无数道龟蛇锁蛟
那战船，曾几度门泊东吴
那赤壁，曾几度被火烧焦

王公贵胄们，驾鹤而去
百万雄师，静卧闹市凉宵
上演着战后的子夜，静悄悄

好一支军纪严明的队伍
露宿街头，亦如守更的海鸟

梦醒时，千家万户的窗口
迎来了惊涛拍岸的拂晓
那刚刚散去的硝烟
飘向远方，汇入烟波浩渺

曾记否，山头鼓角相闻
打退一次次疯狂的围剿

湘江夜，泪掬血水
洒向人间，燎原星星之火
赤水畔，往返四渡
神出鬼没，留下千古浮桥

山沟里，铸就铁血军魂
饮马海疆，蜿蜒千里之遥
入海口，华夏血脉的涌浪
迎着太阳，挑战滔天海啸

板门店，南北对峙
一战立威，谁敢作怪兴妖
数十年，独立自主
两弹一星，射向九重云霄

海上阅兵，开启丝绸新路
长空亮剑，护卫远亲近交
俯瞰马六甲水道的狭窄
潜窥夏威夷火山的疯妖

搏击着海上风云的变幻
攀登着浪底群山的陡峭
血与火，提纯可燃冰
风与浪，洗礼种植礁

火的基因，已溶入大海
浪谷里，犹有花枝俏

血的本色，已染红战旗
波涛里，她在丛中笑

大漠孤烟下出使的驼铃
追随着飞往印度洋的雁叫

当人类结成命运共同体
一代国魂，把海天照耀
有诗曰：一桥飞架南北
铁流滚滚，冲破荒漠的寂寥

啊！山海间，重走长征路
迈步汪洋，踏浪，在海角……

海的女儿

——瞻仰厦门集美学校一位八路军女英雄的雕像

从远洋带回久别的离情
为祖国守望故乡的月明
像一粒从浪花间孕育的种子
在岸上萌发对朝霞的憧憬

每当她坐在沙滩上晨读
海的女儿，叠映红色的倩影
书页上，滴落一行行泪水
翻滚着一排排奔腾的潮涌

眼前，那一片汪洋大海
能否洗刷入侵者屠杀的血腥
身后，那一片山河破碎
能否激发捍卫者持久的抗争

于是，她决意投笔从戎
在马背上重塑战火中的人生
金戈铁马，叱咤太行风云
神出鬼没，集结吕梁英雄

游击队，常在夜间破袭
武工队，直插敌军阵营
娘子关战役，那疾驰的战马

像一匹倒海翻江的巨鲸

浪里搏击，搅动汪洋大海
烽火硝烟，飞跃雄关险峰
长城下，那人民战争的漩涡
淹没了魔鬼的凶残、狰狞

在这里，她见证了铜墙铁壁
也见证了中华儿女的神勇
当敌人陷入了灭顶之灾
她的铁骑，昂立成巍巍雄峰

有位元帅曾赞叹：她是勇士
是巾帼英雄里出色的典型
她和她的战友，用生命
诠释了持久战韬略的魂灵

就在她又一次冲向敌阵
战马腾空，化作永久的彩虹
血染的遗书上泪滴点点
省略了重孕时母性的柔情

也许，牺牲前胎儿的蠕动
揪疼了准妈妈颤抖的长鬃
从此，她的孩子也长眠地下
碑铭上，多一颗闪闪的红星

有多少红嫂，救护伤员
家有婴儿，渴望乳汁的晶莹
有多少母亲，扛起人桥
和胎儿共渡大军的前行

如今，这矗立校园的雕像
紧连着祖国山河的神经
她是大海与高山的儿女
孕育着红色根脉的传承

仰望着坚如磐石的母亲
更珍惜日照山川的和平
海的女儿，解读着潮起潮落
汪洋大海，延伸着钢铁长城

海上，远航的晚舟

——仰慕神女峰的华夏女神之美

你的芳心，在云雨中漫游
任乳峰压不住涨满的春愁

山道上，你像云，柔肠百结
江浪里，你像雨，泪洒娇羞
仰望峰巅上那千古佳人
何不在繁华里安居琼楼

你怀疑她并未逃出深宫
似乎还迷恋对礼教的固守
甚至，更怀疑治水的大禹
并没有疏导狂泻的奔流

所以，你在挥舞的花帕里
突然收回那摇曳的玉手
你捂住眼睛，站在船尾
把惊涛想象成满江的虚无

她却在绝壁上等待日出
让阳光导引着翱翔的群舟

从女娲到炎黄，熬到明清
纤夫们排成褴褛的佝偻

那高一声、低一声的号子
在悬崖上汇成卑微的哀求

直到南湖里驶一艘红船
母亲河才找到远航的出口
见证了史无前例的长征
聆听了解放炮火的怒吼

当初，衣裙下，四散离去
雪月中，见不到精神的抖擞
而今，红旗下，百舸争渡
激流中，驾驭着飞天的龙游

梦里，何来美丽的忧伤
暗恋中，她尽享山河的温柔
代代相传的，是乘风破浪
追梦时，她化作远航的晚舟

去眺望远方的来鸿、杳鹤
到海上去打捞散落的星斗
脚踝处，那无形的镣铐
仿佛是浅滩上暗伏的锚钩

当华夏领跑着整个世界
神女峰，又何惧终生被囚

也许，她就此化石成仙

你会惋惜，她错过情侣的拥搂
于是，金光菊和女贞子
煽动背叛，在风花里乱扭

啊！远古时，那月明之夜
劳累中，她曾倚大禹的肩头
没有凄苦，也没有落泪
却散发着母亲们身心的富有

比起你痛哭一晚的情调
华夏女神，美得更胜千筹

浪花间，盘旋着一群双头鹰

——永远牢记苏联解体的沉痛教训

在海上，我遥望西伯利亚上空
仿佛看见当年的克里姆林宫
十月革命，那一声炮响
击垮了沙皇宫殿上的双头鹰

伟大的苏维埃革命政权
引领着社会主义红色阵营
瓦西里坚信：面包会有的
保尔回答：钢铁是这样炼成
青年们，在莫斯科郊外的晚上
围转篝火，唱起欢快的歌声

一群卓娅，高昂着头颅
英勇就义，笑傲魔鬼的绞刑
一群舒拉，在这里长眠
凝眸苍天，牵挂红场的晴空
他们，用自己的热血和生命
捍卫苏维埃，捍卫祖国的红星

夜幕下，是谁在偷天换日
蒙蔽布尔什维克千万双眼睛
碧血英魂，被改换了颜色
一双翅膀，迎合两面来风

权贵们，凌驾于宫墙之上
啄灭红星，粉饰金色的王宫
伏尔加河上，纤夫们的脚步
被倒逼着，退回搁浅的人生
海燕们，飞出高尔基的大学
重新跌进，童年时凶险的潮涌

列宁，从1918年打来电话
枪毙投机家，斩断贪婪的畸形
迷路的年轻人，挂断手机
把玩着，对历史拒绝接听

从此，这里的黎明，静悄悄
沉睡着，沦落为山河分崩
辜负了在这里牺牲的妈妈
也愧对瓦斯科夫不屈的抗争
红场上，那卫国英雄的雕像
不再有当年攻克柏林的神勇

啊！我再度审视着远方的海面
浪花间，盘旋着一群双头鹰……

浪花中的经典

给我一个水滴般的空间
还你一片太阳般的光源
五千年，从未断流的文化
闪耀着浪花一样的经典

母亲们轻唱着女娲造人
父辈们山呼着盘古开天
从此，那顶天立地的脊梁
浑噩中撑起宇宙的支点

云端里，化作苍穹的头颅
瞪大了日月星辰的慧眼
尘世间，化作莽原的躯体
耸起了崇山峻岭的铁肩

繁衍着勇于担当的民族
跋涉着从山到海的流年
像一架千古矗立的天平
划动着砝码般游弋的舟舷

版图上，西高东低的走势
更需要平衡被冲击的沃原
用阴阳，囊括五行三界

用规矩，匡定九州方圆

指南针导引着飞流直下
两岸猿声，险被火药围歼
曾几度惊断农耕的耧铃
惊断长城外游牧的囚鞭

那古来已久的炎黄部落
出塞后联姻羌笛中的月圆

百国之和，构成礼仪之邦
危难中，互勉着共克时艰
恪守着不偏不倚的天道
驾驭着勿左勿右的车辇

少年时，砸缸救人的善举
苦读时，凿壁借光的勤勉
陶冶着亿万国人的情操
历练着亲民志向的高远

地动仪测试着生态平衡
预示千年后神舟号的飞天
五禽戏增强内在的抗体
疫情中再续中医学的新篇

雄关外，开放幽幽漫道
冷战中，紧锁滚滚烽烟

华夏儿女，钟爱世界和平
心的天平，岂可随意倾翻

西方，那群体免疫的论调
已陷入凄风苦雨的深渊
昨夜，那驰援国外的战士
在救死扶伤中奋勇当先

异国星空，唱响中国国歌
故乡明月，似比境外更圆
亦如宇宙间飞来的天使
相伴日出，共邀千里婵娟

今日，即便给你一个支点
也撬不动盘古氏举擎的蓝天
我的长河已汇入人类之海
滴水中回馈浩瀚的涌泉

啊！五千年，从未断流
每朵浪花，都是闪光的经典

九

诗涌远方

呼唤清明（外一首）

——一位律师肃立在岳飞塑像前，彼此相见恨晚

传说是金翅大鹏
却更像铁血兵营

那魁伟的身躯
是民族的缩影
化作铜墙铁壁
在峰峦上高耸

那怒放的须发
是冲天的飓风
化作烽火烟尘
在战马上嘶鸣

抚摸着麟麟铠甲
麾帐下率百万雄兵
驾长车，讨还山河
踏贺兰，苦守边城

凝望着幽幽盔冠
帅缨下响一口警钟
热血，正壮怀激烈
冷箭，却背后开弓

風波亭罹难之夜
繁星躲进云层
那仰天长啸的忧叹
空悲切：谁主苍穹

今日游人如云
看奸佞长跪
留唾骂声声
地下冤骨白
坟前野草青
春风吹来我复萌

我愿为正义雄辩
为人间呼唤清明
解救草根下的冤魂
收复阴霾里的晴空

做一片鹏鸟的羽毛
当一名阵前的小兵

风波亭

一代英魂，留千古遗风
一桩沉冤，激万里波涌
这里的风波，至今未停

精忠报国，如细雨润物无声

还我河山，似雷电威震长空
浩然正气，令奸权心惊

多少个，莫须有罪名
连累多少位花季银屏
泣血的申诉，被时光尘封

清风碧波，正冲向黎明
迟来的辩护，已点亮晨星
亭前过客，仍疑窦丛生……

血剑下的呐喊

——游芒砀山汉高祖斩蛇处随感

一路蛇行，酷似流水潺潺
偶作龙蟠，恍若山道弯弯

远方，那曾被哭倒的城墙
等待着迟早送死的壮汉
狩猎场，十面围堵的缺口
密谋着又一场鸟兽离散

朦胧中，那大汉逃向何处
躲避着钻进长夜的黑暗
也许，星空里唯上独尊
坐拥明月里孤悬的璀璨

密云洞，已被繁星挤落
山沟里跌下陨石般的遗憾
落魄时，更加向往权势
危难处，梦里多呈虚幻

一条巨蟒，把前路阻挡
血祭佩剑，把长河斩断
从此，高祖斩蛇的壮举
在民间传说里被几经杜撰

多少个夏夜，遥望星空
一群神话飞出轻摇的蒲扇
多少个故事，君臣天授
一帮贵族蒙蔽心灵的圣殿

白帝，是否向赤帝讨封
梦里老母，仍在肝肠寸断
平地，是否替山地还债
新朝篡汉，讹称因果轮换

征战中，暗度陈仓的偷袭
缭绕着明修栈道的雾幔
杀伐中，箭射胸腹的捂脚
暴露出口是心非的慌乱

成王败寇，引领当朝时尚
权势作祟，酿成百年混战
后宫厮门内，那一瓮人彘
早已把汉室的龙脉惊散

如今，山顶上雄姿犹在
象征权势，化作世代梦幻
斩蛇处，那血腥的屠杀
似在炫耀着生灵涂炭

啊！山道弯弯，流水潺潺
白云下，奔腾着起伏的峰峦

被唾弃的石头

——游河南安阳袁林墓碑时吟诵而就

这是一块被唾弃的石头
白白炼你数万个春秋
正因为你是顽劣之辈
用你补天，才越补越漏

把你葬在亘水之滨
让你愧对千古奔流
你却凌驾于长河之上
向沧海炫耀顽石的不朽

历史举起无情的刻刀
雕一颗脖颈伸长的头颅
悠悠乾坤，你横行如蟹
滔滔江河，你钻营如鳅

那坚硬、顽固的龟壳
暗藏着窃国弄权的阴谋
那纤细、弱小的蹄爪
撑不起自命为龙的甲胄

屈膝告密，你出卖天地人
孤钩独钓，你豢养龙虎狗
一片大潮，你称王称霸

最终，却陷进时代的洪流

一方刻满耻辱的石碑
牢牢压住你隆起的背后
从此，这里冷落了一块
龟头蟹脑圆滑溜鳅的石头

一堆黄土，埋一具枯骨
一丛蓑衣，垂一杆长钩
河面上，已是千帆争渡
你却化作沉舟，又破又漏

东坡赏砚

——游颍州西湖，感悟宦海沉浮

阳春三月，来颍州湖畔
踏轻舟激起浪花飞溅
碧水绿洲，看怡园名画
花丛里摆一幅东坡赏砚

白云舒袖，托一轮明月
苍松垂手，采一朵漪涟

赤壁怀古，唱淘尽风流
把酒问天，盼何年梦圆
那涟漪，汇入大江东去
那明月，化作清风婵娟

洒下荡气回肠的豪情
心系草堂茅舍的民间

儒雅知府，抒人文情怀
泼墨西湖，映一片青天
做人时，砚是湖之围堤
行文时，湖是砚之源泉

一代廉吏，留两袖清风
几缕诗魂，传千古咏叹

磨砚为船，切记舟水相依
挥笔作桨，更知官民情牵
谁在浪花间逞王者淫威
谁将在漩涡里沉入深渊

欧公探母

西湖岸边，有一片瓦屋
瓦屋里，住着欧阳家族

这里，有一段千古佳话
传颂着当年欧公探母
一叶小舟，沿颍淮而下
两袖清风，驾一帆辛苦

浪猛流急，装半舱石头
用以稳定乌篷的轻浮
谁知，偶遇强人劫道
搜掠后，笑他枉为知府

为官数十年，如此寒酸
装束褴褛，难觅几件衣物
唯见石块，支撑两支木橹

木橹摇动着，划向远方
划出廉吏清水般的仕途

母亲，在故乡倚门瞩望
游子，在江湖踏浪起伏
一身清廉，感化云帆为翼

步履舟正，何惧宦海沉浮

这里，再不见蠡贼出没
清风吹处，自有碧水荡污

从此，欧公探母的故事
招徕后人，在湖畔结庐
传承着，清正廉明的品格
繁衍着，世代民风的淳朴

玉皇顶

凌驾于峰的极顶
笼罩着神的幻影
自古来，王权祭天
祭的是一片空灵

无论是静观日出
还是在孤赏月明
灰蒙蒙，虔诚跪拜
却都是山在卑躬

所以，才傲视凡尘
不再听农舍的鸡鸣
更不见，遥远的天涯
耸立着离散的峦峰

虽有十八盘阶梯
引诱着攀附的云层
高处酷寒，冷落了
千万人疲惫的激情

那金光灿烂的泥胎
还能否安卧寝宫
那历经剥蚀的独尊

必然会坐守山空

凭栏处，青天依旧
山水间，血脉情浓
已是太平盛世
问五岳，谁还争雄

山脚下，匍匐的列车
挺进着腾飞的巨龙

卧龙岗

丛林里，落一只野鹤
山岗上，飘一朵闲云
看似逸然，却忧国忧民

白天，轻拂那松竹
夜晚，静观那星辰
道骨临风，他推演八卦
慧眼窥月，他探寻奇门

帝都旁，皇亲冷傲
谁理会他这荒野草根
茅庐外，明君访顾
谁能识他这布衣兵神

蛰中求腾，首论隆中对
帷帐里，他从容治军
屈中求伸，两度出师表
空城上，他含笑抚琴

羽扇，扇旺赤壁风火
纶巾，擦拭街亭泪痕
泪中火，引燃枭雄心计
火中泪，流露山人情真

饱读圣贤，他悔逆初衷
智满锦囊，他功过难分
多少只草船向黎民借箭
多少个麦城索天下英魂

一部狼烟滚滚的内战史
留一路兵不厌诈的征尘

岗上高人，他能否安卧
盛世赋闲，仍忧心如焚
清泉滴幽，岂容干戈搅浑

沙漠里，寻找骆驼

——网上热传《沙漠骆驼》歌词阅后随笔

我刚从戈壁滩走过

曾穿越广袤而神奇的沙漠

在通往西域的路上

为什么未见跋涉的骆驼

只看见枯死的老树

在古道旁留一片斑驳

还有沙海里摇曳的红柳

在断壁旁舞一曲婀娜

那斑驳，亦如征战的创伤

那婀娜，恰似出使的玉帛

丝绸路上，每一次风卷云舒

当需提防，黄昏对夕阳的掠夺

沙漏，漏下一夜恐慌

烟斗，湮灭一粒星火

谁还敢再饮那壶烈酒

更不敢在狂风里把爱情抚摸

我在迷茫中寻找骆驼

踏遍大漠上每一座沙坡

鹭鹰，在幽幽地高歌

为什么不提及被吞噬的湖泊

却谎称，突然出现爱的小河
用晚霞的虚火把风月炒作

正因为白天和黑夜交错
才造成前方迷途太多
倒不如沿着微露的残缺
去寻找被狂沙剥蚀的城郭
也许，楼栏下归田的耕牛
反刍着，正把真情诉说
宁愿随沙漠之舟私奔
也不愿被端上海市蜃楼的餐桌

我仰脸倾听鹭鹰的高歌
空旷里唯见孤独的自我
那壶老酒，只能释放自己
却很难饮醉无边的大漠
大头皮鞋，穿出生活的时尚
踏不出扎实而坚韧的脚窝
阿尔丁神灯的魔力
变不来绿洲上斗艳的花朵

无论天堂和地狱怎样重叠
蝴蝶的翅膀耐不住风沙折磨
即便依偎在滚烫的胸口
沙丘下，蒸干的尸体也无法复活
更何况，荒野凛冽
到哪里寻找被遗忘的故国

我沿着西路军开辟的征途
曾发现路边燃烧的血泊
还有罗布泊走失的专家
驼铃相伴，丈量着沙海的辽阔
枪声里，射出一孔孔沙漏
让荒凉在植被里一寸寸紧缩
蓝图上，留下一行行泪水
陪伴烈酒，点燃科考的篝火

大漠里，每一颗孤独的沙粒
烈火中，锤炼成铁血家国
当骆驼承载着家国情怀
视野里，展现出真正的洒脱
当荒漠张扬着轻狂的散沙
黄风掠过，走失的何止骆驼
当沙粒沉溺于个体的逍遥
昏暗中，谈何身心快活

啊！沙漠里，我在寻找骆驼
昨夜红烛，正被虎妞撩拨
空房里，苦等男人
耗尽泪花，未见祥子归窝
闹市里，虽是灯火阑珊
无奈，他已迷失在人性的角落

听一曲鹭鹰苍凉地嚎叫

倒不如和黄包车一起奔波
也许，她的故事里有一片绿洲
爱的小河，为骆驼沐浴着柔波……

深秋的胡杨林

戈壁，沙海，故有的冷漠
反衬着胡杨林深秋的热灼

疑似岳麓山尽染的霜叶
星火般燎原戈壁的云朵
亦如京郊外香山的栌烟
旌旗般挥动沙海的壮阔

爱晚亭，有人在此小憩
比对着二月花谁更红火
附近，那老态龙钟的枝干
时而斜倚着疲惫的苦驼

春天，疏枝上挂满窄叶
牵手白云，偏遇狂风掠夺
夏季，叶片上渐呈圆润
指点古道，却被暴尘埋没

红叶下，能否曲径通幽
在丝绸之路上点燃篝火
当时代发出新的强音
一带一路，连通迢迢阡陌

脊背上，那山一样的驼峰
洒满红叶们赤色的嘱托
脚下，那浪一样的蹄花
绽放着千古不朽的传说

生命挣扎着，千年不死
枯干屹立着，千年不倒
身心昂扬着，千年不衰
风骨崛起着，永不示弱

从这里向东，驮回大海
滋润着罗布泊渴逝的故国
从这里向西，踏破关山
拯救着楼兰人突围的魂魄

戈壁上，车流飞越欧亚
沙海里，舟楫来往穿梭
爱晚亭那小憩的行者
跋涉着守望日出日落

啊！铁树红叶，金刚烈火
炽化着戈壁、沙海的冷漠

千古牧羊人

——站在成吉思汗雕像前,遥想当年苏武牧羊的故事

玉树临风，勒缰而立
雪窝里深陷征服者的铁蹄
成吉思汗的点将台
点阅着剿杀者对逃亡者的追击

历史上，无数次围追堵截
风卷狂沙，把白云压低
亦如苍狼掠食
寻觅着脱兔的足迹

牧群附近，那耀武扬威的骑手
挥鞭驭马，包藏着嗜杀的心机
几只牧羊犬，看守族类
前呼后拥，把头羊暗羁

撒泡尿，替主人记路
嗅气味，把腥风破译
也许，在狼和羊的密码里
暗藏着又一场弱肉强食的血洗

羊用嘴巴在雪里翻找
不停地啃嚼春天的新绿
狗用蹄爪在冰下抓刨

时不时衔出戈壁的沙粒

疑是古战场箭镞的化石
又像是死难者凝固的血滴
那一双看似忠诚的眼神里
射向蓝天，散发阴霾般的狐疑

啊！白雪皑皑，一望无际
千古牧羊人，傲骨凛立
使节棒永握在手
坚守着回国的归期

明知道公羊不能生崽
最厌恶牧羊犬对势利卑躬屈膝
即便在西伯利亚的寒流里
冻作坚冰，也宁折不屈

贝加尔湖，像一面镜子
映照出截然不同的群体
那患难与共的家国情怀
容不得对族类十面围挤

倘若任羊群把小草啃净
雪地上，徒留那一尊匹夫单骑
再看，那几只牧羊犬
摇尾乞怜，掩盖着撕咬的暴力

在那彼此相偎的牧群里
该不会重舞杀伐的剑戟
山顶上，那早已竖起的使节棒
永远飘扬着五星闪烁的国旗

准噶尔盆地的暖曲

称得上是神来之笔
圈点出这最北之地
开国领袖，那一声令下
屯垦戍边，走一步妙棋

征战中，西出阳关
宿营时，梦绕古驿
走过"充军"般的长路
熬过"发配"般的苦役

硝烟里，击退大漠的风沙
戈壁滩，拉动垦荒的铁犁
人民子弟兵一心为民
权当是自己"流放"自己

尽管曾立下赫赫战功
志向里，襟怀家国利益

自古道，兵家征战
为的是，帝王社稷
兄弟间，共享荣华富贵
小集团，同授玉食锦衣

然而，天安门城楼的宣告
奠定了红色政权的根基

为捍卫人民江山
最北之地，旌旗林立
地窝里，挑灯夜战
蓝图上标定明天的预期
边陲上，破冰垦荒
砂石中寻找生命的奇迹

阿尔泰山融化的冰水
登上了高架渡槽的云梯
内地，一群群莺歌燕舞
带来了花前月下的甜蜜

草堂发妻，男耕女织
繁衍着垦荒者们的后裔
如今，一座座兵团驻地
亮若星辰，灿若京畿

边卡、哨所、口岸、界碑
天涯咫尺，谈何距离

领袖们，高瞻远瞩
用巨笔点化着边陲的山脊
建国时，那春天的故事
早已在西伯利亚的寒流里

唱响准噶尔盆地的暖曲……

回首昨天跋涉的艰难
庆幸自己，曾"流放"自己
集结着千百万雄师
加固了界碑的根基

啊！这是一支钢铁劲旅
子孙联防，为国效力
军屯里，传承红色基因
阳关道，不再思忖归期

阿尔泰山的松球

每当我欣赏这几枚松球
眼前就浮现阿尔泰的山头
两位小姑娘从山上采摘
送给我，寄予久别的乡愁

曾记否，她们在襁褓之中
随父母踏上遥远的西游
几度往返，行经吐鲁番
仰慕火焰山祈雨的金猴
从此，巧借芭蕉扇的故事
在幼小的心灵里屡翻筋斗

兵团小学里，朗诵古诗
更向往寻觅大河的源头
白云间，黄河壶口的惊涛
来源于高原上涓涓细流
长河落日处，大漠孤烟
点燃了苍凉而慷慨的歌喉

壮士悲歌，敢问春风何度
玉门关外，已是花满枝头
万仞山，锁不住一片孤城
戈壁滩，已长出胡杨沙柳

阿尔泰山上小巧的松果
宛如兵团里玉砌的雕楼

楼窗内，传来课堂的书声
和着冰川上融化的溪流
汇入沃野上纵横的涵管里
把禾苗滋养得温润轻柔
她们，在滴灌旁采集花草
让牧歌解读古诗词的悲愁

当看到书页里珍藏的叶瓣
乌伦古河，犹见弦月如钩
权且横一枝塞外的羌笛
阁楼上奏一曲春风杨柳
松球里，客居西域的风情
熏染着她们对边关的坚守

默默地，我仍在欣赏松球
室内，充盈着地暖的温柔
两位小姑娘，是否知道
故乡日出，正与关月牵手

待到春暖，又见南雁北归
玉门关迎送着过往的丝绸

机舱里，鸟瞰天下

飞离地面，飘一粒尘埃
背靠青天，游一片大海

升腾着，它力拔群山
追赶着，它劈斩云彩
我坐在机舱里鸟瞰天下
身后，横卧着僵硬的山脉

芒砀山蛇头渐行渐远
乌骓马僵尸越变越矮
大风里，那犀利的剑光
从此把历史的杀戒劈开

血淋淋，浸透每一页
染红沧海里如火的雾霾

当霸王的身躯临风而立
无头的脊梁四处摇摆
山梁上，疲劳的汉水
像苦酒，灌进狭隘的情怀

阴谷险壑，暗藏着鸿门
杀机，被翩翩剑舞遮盖

山穷水尽，收殓着玉肌
柔情，被滚滚江浪掩埋

大地上，每一块岩石
都沉积着岁月的苍苔
蓝天上，每一片云朵
都折射出月色的皎白

我顺手抓一朵捧在手里
雨滴如泪，饱含着悲哀

亦如大海翻腾的浪花
清浊难辨，却永远澎湃
宁静时，它宽柔包容
暴怒时，它狂涌猛拍

颠簸中，那起伏的舟楫
倾翻，也要向着太阳侧歪
四面楚歌，在云层漫延
自刎，岂能够拯救苦海

红尘内外，越是微粒轻小
越是能耐受大风的吹摔

小船，冲破了月亮

——看电影《我不是潘金莲》随想

这画面，很富有艺术想象
从头至尾，都是圆圆的月亮

月光下，有一艘小船
锚在河边，锚住了岸上的梦想
小楼，被圈定在月光里
画地为牢，斜倚看守的木浆

看台上，居高临下的观望
像繁星偷窥井水的荡漾
禁不住感叹：那深处的蛙鸣
岂能搅乱天籁之声的悠扬

几百年前，偷情的烂事
为何在今天的院落里发出震响
姑且不论她是不是潘金莲
屋后的小河，总在不停地流淌

带走了夏夜酷暑的闷热
谁还在意小河里浪花的清凉
带走了秋日凋落的枯叶
谁还在意河岸上小草的芬芳

满天星星，在云层里酣睡
没人理会今夜漆黑的过往
虽然，武大郎惨遭毒手
却有人吹嘘：西门庆风流倜傥

那遗臭万年的渣男渣女们
比不上小楼女主人，国色天香
别在真假离婚上死缠烂打
群星里，哪一颗都神采飞扬

夜深了，小船徐徐划动
古筝流韵，滑过静谧的山乡
在圈定的圆满中，做一次突破
轻摇木橹，任她野马脱缰

宾馆里，圆月已被遮蔽
当一回潘金莲，又有何妨
远处蛙鸣，叫响井底的回音
天籁之声，该与旷野分享

剧终了，那画面历历在目
叠印窗外那空中悬挂的月亮
圆缺与否，没必要再作考量……

生命的绝唱

江边，立一尊石像
满腔诗情在山河间回荡
飙升着长风的遒劲
飞扬着大江的奔放

脚下，坦卧的巨石
似在追思，久远的哀伤
这里，曾憾然落下
无数首未尽的诗行

从此，太白捉月的故事
讹传着，几许荒唐

有人说，此次展翼
不过是醉态的狂放
张开失意的双臂
向江雾显弄酗酒的酣畅

有人说，此次俯冲
不过是志趣的颓丧
凭借陡峭的落差
从岸崖起跳赴死的跌撞

他，历经中天浴火
曾仰慕大鹏飞翔

向往着飞抵关月
做一次心灵的逃亡
岂忍心，在倒影里捕捉
那一轮被囚禁的反光

广寒宫亘古的幽拘
浸透着彻骨的悲凉
那打入渊底的冷宫
牵挂着满天的星芒

即便是死亡之旅
他也要舍身而降
用翱翔的诗魂
为沉月，插一双翅膀

解救它飞越地狱
重返意境中的天堂

这一跳，跳离宦海
投身于滚滚沧浪
他的灵魂，随大江东去
吟作一首生命的绝唱

激情中，走好"庄严的正步"

（后记）

少年时，因家事不顺，屡遭挫折，故使本人性情卑怯，不善与人交往，像一颗腼腆的晨星，一见天亮就害羞、就隐退。幸好有一位爱哭的姑娘，时常在油灯下陪我苦读，感动得我对她常夸："啊！你的泪，是火！"夸得她"日涌月溢，常伴星星洒落"。终于有一天，我发现她"早已把爱的火焰烧向我"，于是我便在"慌乱中"，把她的"泪脸深情抚摸"，"让燃烧的泪全滴进我的心窝"（《你的泪，是火》）。她，就是我的结发之妻，彼此不离不弃，厮守至今。

婚后生育二子一女，都已成家立业。这几个孩子，都是听着我的诗稿长大的。尽管他们总爱模仿其母亲的口气奚落我，但他们打心眼里还是喜欢的，并时常加以"评论"："与当下很多诗作不合群，太另类"，"讲究格调、节奏和韵律"。有时他们也合着劲地哄我开心，"赞扬"说："格调清新，朗朗上口，虽是白话，挺有诗味"，"句式排列比较整齐，亦如小溪中的浪花，又像接受检阅的军人方阵，迈着庄严的正步，节奏铿锵有力"，等等。

比起孩子们，我小时候很苦。饥饿、孤独，时常看到母亲在流泪。其间，我经历过祖母和母亲的葬礼。当祖母被人们从井里打捞上来之时，我第一次知道何为"死人"。当母亲猝死旷野之时，我发现她是那样年轻，那样割舍不下自己的孩子。当时她才三十五岁，正值少妇花一样的年龄。

母亲在短暂的三十五年中，经历了许多不堪忍受的困苦和劳累。是她起早贪黑干活挣工分；是她在灯下纺纱、织布、做针线，陪我认字、写字；是她在我捣毁一窝燕子时，"狠狠地搂了我一顿 / 告诫我：燕子是咱宝贵的乡邻"（《母亲啊！您在哪里？》）；是她把我的书包"补在左襟的胸前"，"我忍不住质问，书放哪里 / 她怒声喝斥：放在肚里边"（《苏醒的秋蝉》）；是她在看到我骑耍生产队的小牛时，"笑嗔我：有本事 / 去骑耍满天的星斗"（《驾驭星星的牧童》）。事后她向我解释说："那头小牛的娘死了，它是一个可怜的苦孩子。"不久，我也成了和小牛一样"可怜"的"苦孩子"。从此，"手腕上，拴一头小牛 / 反刍着发出孤儿的悲哀"（《远天的云彩》）。

在失去母爱的日子里，我酷爱看云彩、看月亮、看星星，看它们之间的纠缠和依偎、变幻和簇拥。特别是早起上学的时候，那几颗被称作"北斗"的星星，尤其让我感到天空的浩瀚与宁静。所以，我总是盼望跻身于其间，领略那一番空旷和宽容。16岁那年，我应征入伍，曾在解放军某部担任卷扬机班、挖掘机班班长等职。宣誓成为中国共产党党员的那一天，我感到天特别高、特别蓝。从此，田野上萌生的童心，和一个军人对党、对人民、对祖国的赤胆忠心，使我多年养成的"军人气质"，在我的人品上打下鲜明的烙印：善良、正直、坦荡、忠诚。所以每逢"天亮"之时，我总是一次次"归隐"天际。

在退伍回乡务农期间，我一度感到无比的沮丧和失落。幸有妻子鼓励我苦学法律，所以，我通过自考，取得学历和律师资格后，从事律师职业至今。然而，"下班归来，还是写 / 也不会对我开一句玩笑"（《夜，静悄悄》）。这首"来自妻子的怨言"，正是我在律师生涯中兼搞诗歌创作而辛勤笔耕的真实写照。如此手不释卷、笔耕不辍的生活方式，反而滋养着身上的军人气质永不褪色，并在无意中浸润到自己的诗行里。"于是，你选择一个伟大的爱 / 去亲吻嘴唇干裂的泥土"，"她也佩戴着金穗项链 / 用歌声拥抱你庄严的正步"（《小溪中的浪花》）。

"后来，我毅然走进都市 / 淡忘了故乡狭窄的破窝"（《回来吧！燕子》）。"手牵手，长街漫步 / 时常怀念那一片草绿"（《怀念草绿》）。儿时的乡村，流水潺潺，绿草茵茵，有"荷叶"，有"柳笛"，有"清冷的夜雨"和"明媚的晨曲"。进城几十年重返故里，遗憾的是，那"鸟语花香"，"何处捡拾"（《童年的捡拾》）。"数十年，走遍天涯海角 / 故乡的海，总在心中荡漾"（《回忆，在故乡》）。当下，无论是"城镇化建设""新农村建设"，还是"一带一路"倡议等，其中凡符合舟水相依、沧桑眷恋发展规律的良好举措，都能建立起良好的自然生态、社会生态和政治生态。正如习近平总书记指出："绿水青山就是金山银山"，"江山就是人民，人民就是江山"，"守江山，守的就是民心"。

回眸几十年短暂人生，非常平淡。曾经是一名军人，却并未经历过"炮火硝烟"；曾经是一个农民，却没有像祖辈那样熟练地使

激情中，走好『庄严的正步』（后记）

用犁耧锄耙，也没有感受过只有在旧中国才有的"抓丁""跑反"时的惊慌和恐惧。眼下的律师业务，虽然有机会在法庭上侃侃而谈，但其中也不乏"被不予采纳"的空谈。然而这种"平淡"，恰恰是无数前辈和先烈在炮火硝烟、兵荒马乱的年代，用鲜血和生命换来的。我庆幸自己能够生活在这样一个看似"平淡"的伟大时代。这个时代，让我度过了一个时常挨饿却从无"离乱"，而且常闻"牧笛"之声的童年。

溯源于历史与现实的方方面面，我知道，我和我的同龄人所熬过的"贫瘠的童年"（《怀念草绿》），是在硝烟刚散、百废待兴的特殊年代，发展与进步所难以绕开的一道"坎"。我们这一代人能够相对平安地生活在人间，并能够相对稳定地观察和思考"千年长夜"刚刚过后的"苦难"，以及战争结束后的"转瞬几十年巨变"（《童年的星河》），这是历史对我们这一代人的馈赠和厚爱。由此我感到骄傲和庆幸，生活在"数千年"与"几十年"新旧交替的"节点"上，目睹了这千古一遇的历史瞬间。我，有责任用华语诗文记录这充满激情的巨变，并赋予其铿锵有力、昂扬奋进的军人风采。

"饿极了，我剥吃榆皮／采食过蔷薇带刺的嫩茎"（《雨中，我走过泥泞》）。这种情形，在漫长的历史长河中，由于生产力低下和连年战乱的祸及，不仅"余痛"难免，而且曾经是多次反复。仿佛就在昨天，我还亲眼看见古代轩辕氏发明的木车、弯犁，依旧爬行在辽阔的原野上，"弓着腰，追逐眼前的直线"；而今天，却是清一色的"灯火飞炫"、轮胎飞转。"立交桥上，滚动式疾驰／拉长了直犁直耙的短见／红绿灯下，规范化停驶／羞红了吆牛喝马的脸面"

（《回看犁耧》）。

　　当然，任何一个伟大的时代，都有不尽如人意之处，这恰恰正是留待进一步发展的空间。诗人，作为一个民族激情的代言者，对生活既要有冷静的观察与思索，又要有善意的讴歌与批评，兼从光明和阴暗等不同的层面和角度，发掘令人振奋的诗意和激情。就像我所从事的律师职业一样，善于从"夜的鞘套里"亮剑，在"光的背阴处"浴火（《律师夜行曲》）。如今，市场经济的熏染，似乎让很多诗人有些"低迷"，沦落了诗魂，丢掉了民族精神，诗而不歌，歌而不诗，因而也就没有充分发挥华语诗文之音节和韵律所固有的写作特长，致使整个民族呈现出"到处'诗歌'"却又"远离诗歌"的沉闷状态。

　　带着这种忧虑，我默咏、珍藏并效仿闻一多、臧克家、郭小川、贺敬之等现代诗歌大师们的诗风，从内心深处尽情张扬着毛泽东诗词在我儿时"童心"里种下的民族风骨和革命豪情。所以，当西方文化冲淡中华诗魂所特有的"音韵美"等宝贵遗产时，我深知自己虽是一介"草根"，同样有责任守护好老祖宗们创立的华语美学追求，让它作为中华诗坛上"土生土长"的优秀艺术形体，永远保留并发扬光大。这对于重振中华民族的雄风，是十分必要的。无奈我人微言轻，没有"发声"的机会，只得躲进诗歌老前辈所想象的"青纱帐"里，进行无谓的忙碌。即便是自生自灭，永远不见天日，我也要尝试着让华语诗歌之"美学"的"新绿"，在咱们中国人自己的文化沃野上，做一次"生命"的回归。

　　于是，我曾几度瞻仰韶山冲伟人故居和天安门广场上的伟人纪念堂，并赴采石矶，伫立大江边，怀念捉月石旁跌落的千古诗魂。

"即便是死亡之旅 / 他也要舍身而降 / 用翱翔的诗魂 / 为沉月，插一双翅膀"（《生命的绝唱》）。由此我相信，我们的诗魂已经融入滚滚江河，中华诗潮将会像大江大海一样波澜壮阔。

有一次，我外出办案，特意瞻仰开国领袖题写塔名的"淮海战役烈士纪念塔"，字里行间迸发出中华民族特有的群体激情。它的题写者，不愧为中华民族几千年激情孕育的伟大领袖。在那激情四射的年代，把红军《长征》诗和《沁园春·雪》，锤炼得更是激情澎湃，洋溢在"纪念塔"的巨笔狂草之中，挥洒在"大决战"的烽火硝烟之上，令我神往那激情燃烧的岁月。正是这位伟人，独领撼天动地的豪情，"一挥而就，率领五湖四海 / 一气呵成，号令千军万马"，"折服帝王家称孤的御笔 / 挥动开拓者烧荒的火把"（《历史的灯塔》）。

我相信，新中国特有的、伟大的时代气息，足以激活诗歌界每一颗隐退或散落的晨星，并在阳光的融合下发出自己的光和热。尤其是作为一名律师，"走南闯北""走街串巷"的职业生涯，进一步强化了我的山水情结、民族情结和爱国情结，从而使我深深地体会到：中华民族是一个英雄辈出的民族；热爱祖国，热爱人民，热爱领袖和英雄，是我们中华民族血液中流淌不息的传统美德。如今，中国共产党正率领"追梦"大军，牢固树立社会主义核心价值观，在"马克思主义中国化"的革命实践中，不断发展中国特色社会主义思想，全面推进法治建设，反腐倡廉，以民为本，扎紧制约"权力"的"篱笆"，为祖国的发展铸造新的辉煌！

眼下，我虽已步入暮年，但受伟大时代的感召，深知在中华民族伟大复兴的千秋大业中，依然需要"正步天涯""踏浪海角""梦绕繁星""诗涌远方"！尤其需要用沿袭千古的诗歌、诗魂，重振中华民族的激情！也正是这份激情，治愈了我早年的"卑怯"，给了我平淡而有诗意的人生。我崇尚黎明之后的每一颗晨星，也由衷欣赏华语美文中的每一首诗，和诗中"化烬而明""浴火而锋"（《律师夜行曲》）的激情。我更要感谢年轻时短暂的军旅生涯，终生陶冶着我的情操，使我向往、留恋着田园小溪中成排的浪花，并愿和它们一起走好人生中"庄严的正步"。

　　此生，我庆幸遇有三位尊贵的诗友：张雷、胡天生、陈勇。他们三人是我的良师益友，他们对我写作的指导和点评，让我常怀感恩之情。在此，我向他们三位老师鞠躬致谢。

刘晓东

2023 年 5 月 1 日

激情中，走好「庄严的正步」（后记）